脱福祉国家
～福祉国家やめます～

若松敏裕
WAKAMATSU Toshiyu

文芸社

目次

主な登場人物

【前進党】

神坂　征志《せいじ》（45）……前進党代表。総理大臣。超合理的な天才政治家。脱福祉国家政策で日本の危機を救うことを目指す。ニューヨーク未来大大学院卒。

黒岩　巧（63）……前進党副代表。官房長官。裏プロジェクト責任者。苦労人だが、裏工作を仕掛けるダークなタイプ。

【国家安泰党】

望月　環（45）……東大在学中に征志と同棲。ニューヨーク未来大大学院卒業後、外務省入り。国家安泰党副幹事長から総裁。

星　泰介（65）……前首相。国家安泰党総裁。総選挙で前進党に敗れ、政権復帰を目指し、後継者に環を指名。

【ダンカイ日本】＊浅間山温泉町

浅間　輝久（83）……浅間山温泉町町長。元総裁候補。町長復帰後、反脱福祉政策の団塊党結成、ダンカイ日本を建国、初代大統領となる。

浅間　慶輝《よしき》（27）……アラビアン王国特別顧問補佐。東大、ニューヨーク未来大大学院で征志の後輩。征志に請われて首相特別補佐官になる。輝久の孫。

泉谷《いずたに》　愛（24）……介護士。温泉ホテルの長女ながら、介護職を天職と思っている。得意のダンスもプロ並み。慶輝の幼馴染。

【団塊パラダイス】

益上　万蔵（65）……団塊パラダイス代表。金の亡者でカジノ依存症。輝久を貶め二代目大統領となる。

【工作員】

菅野　公作（58）……元自衛隊レンジャー部隊隊長。国が後押ししている『健全社会推進隊』（略＝ＫＳＳ）代表。黒岩配下の工作員。

【その他】

大鷹　舞子（56）……ホスピス系病院の大鷹スカイホスピタルグループ理事長で旅立ち龍宮城開設。黒岩とツーカーの仲。

森　　安寿（75）……元俳優の日向苑花。宗教法人天寿教二代目教祖。純粋一途。

プロローグ

二〇三×年、その日はとうとうやってきた。

日本の至るところで、老人狩りが行われていた。

老人たちは逃げていた。

日本の福祉政策はどんどん後退し、多くの地方自治体ではほとんどが廃止され、「自助で生きる」国になっていた。日本は「福祉国家」から「自己責任国家」へ転身、その結果『脱福祉国家』に変貌していた。


東京都内のある区立中学校で社会科の授業が行われていた。教師は生徒たちに問いかけた。

「戦後の日本で、政治上大きな失敗と思われることは何だろうか」

ある男子生徒が答えた。

「①にバブル経済崩壊、②に新型コロナ対応、そして③に福祉政策」

「そうだね。このうち、①と②は国民が力を合わせて切り抜けられたけど、そのときは日本全体に活力があったからね。でも③の福祉国家はどうしようもない失敗だった。この時代に国民は『国からいろいろ与えてもらって生きていく』という、完全な受け身になってしまったからね」

頷く生徒たちに教師は続けた。

「中高年ばかりか若年者にまで老人型ライフスタイルを浸透させてしまい、国民全体が鳥の巣で親鳥が運んでくる餌を、口をパクパク開けてただ待っている雛鳥のようになってしまったんだ」

男子生徒が手を挙げた。

「先生、それって今の日本は終わっているってこと？」

「戦争に負けて日本は焼け野原になったけど、国民はくじけなかった。エコノミックアニマルと世界から笑われても、過労死で倒れる人がいても、一心不乱に頑張り、世界でも有数の経済大国になった」

「そうそう、ウチのじいちゃんたちでしょ？　確か団塊世代って言っていたよ」

教師は笑顔で続けた。

「戦争も経済成長も、国民を踏み台にして国を優先した。その反省から、日本は国民一人一人を優先する福祉国家になったんだね。その当時の定義はこれだ」

教室の前方に広がる大型スクリーンに、次々と文字が映し出された。

・福祉とは……

《しあわせやゆたかさを意味する言葉であり、すべての市民に最低限の幸福と社会的援助を提供するという理念》

・福祉国家とは……

《社会保障制度（生活不安に対し、国民一人一人に最低生活水準を保障し、生活の安定を図ることを目的として、国の責任で現金やサービスなどの給付を行う政策・制度）の充実と完全雇用の実現により国民の健康で文化的な生活を保障し、国民の福祉の増進を最優先しようとする国家》

生徒たちから「うっそー」「あり得ねー」の声があがる。

「これが当時の福祉の定義だ。その後どうなったかというと、国民の多くが福祉を受けたい、いや、受ける権利があると言って、受ける側に回ってしまった。その結果、働く人が減少傾向になったところに少子化が加わって、国の収入、つまり税金だな、これが激減して日本は破産寸前になってしまったね」

「若くて元気なのに働かないで、家でゲームばかりしている奴らが増えたからでしょ」

「それ、お前の兄貴だろう」

「うるせーよ」

男子生徒が、席を立とうとする。

「しかも、それまで日本経済を支えてきた団塊世代が今度は福祉を受ける側に回り、日本の財政を破綻方向に導き、戦後最大の危機を招いたわけだ」

国家が優しさ優先、他人を労る福祉重視に方向転換した結果、非生産部門の福祉関連の産業が持てはやされ、利益優先の企業はブラック企業として衰退し、日本経済が停滞して税収が大幅に減ったことが影響していた。

さらに、日本を支えるべき労働力、特に団塊ジュニア世代など中高年層の弱体化、若年層の他人依存体質による非労働化で生産力が著しく低下した結果、日本経済は財政破綻へと向かっていた。

「フクシサイアクー」

生徒たちの声が響く中、一人の女子生徒がつぶやいた。

「でも、福祉ってそんなに悪いこと?」

隣の男子生徒がすかさず睨みつける。

「俺たちの未来を潰そうとしたんだぞ」

一番前の男子生徒が立ち上がって振り向く。

「これからは、前進党がその悪い世の中を正していくから大丈夫だよ」

【第一部】　脱福祉国家

第一章　福祉国家やめます宣言

そんな戦後最大の危機を迎えている日本で、三年前に現役層を中心に支持を集める前進党が結成された。代表は、優秀な政治家を育成するニューヨーク未来大大学院理想政治学科を卒業後、アメリカで中堅都市の市長を務め、七年前に帰国して国会議員になっていた四十五歳の神坂征志だった。

彼は財政が破綻同然になってしまった日本を救うために福祉政策を転換、平均寿命世界一に貢献している先進医療や延命治療による医療費を減らすと共に、団塊世代には生涯現役として活躍してもらうことで医療・介護費用や年金を減らし、国の財政負担を大幅に削減させるべく、福祉亡国論を主張、福祉政策を廃止・縮小することを熱く訴えた。福祉国家から自己責任国家に舵取りを百八十度変える、脱福祉国家の政策をマニュフェストとしたのだ。

征志の思考は、超がつくほど合理的だった。国家予算の半分以上を国債による借金に依存していることの異常さを説き、日本はバブルがはじけても、借金しながらいまだに豪華な生活を送っている状態であり、その主な支出が社会保障費であることを、数字を絡めて論理的に説明した。

征志は社会保障費を大幅に削減する具体的な政策を発表したことで、実際に社会保障費を負担している現役世代から、絶大な支持を受けた。他の政党も社会保障費の削減を唱えたが、ほとんどが絵に描いた餅の理想論だった。

神坂家は、神奈川県の西部、相模原市のリニア駅から車で三十分の郊外で、代々酒造問屋を営んでいたが、すでに他界している祖父の巌は、学問の道を志して商売を嫌っていたため、親は弟に家業を継がせた。巌は東大から大学院へと進み、大学院卒業後はそのまま大学に残って指導の道を選んだ。

彼は完全に独立するために実家を出て、杉並区の荻窪に家を構えた。政治経済学が専門の大学教授の傍ら、評論家でもあった。理論先行で鋭い舌鋒を浴びせ、持論を曲げぬ頑固一徹さで孤高を通した。

祖母の民は、山形県の天童の地主の長女で、おっとりした良妻賢母、夫に三歩下がってついていくタイプで、征志には愛情深く受容的だった。

母の冴子は、大手技術派遣会社フィーチャー技研専務の娘でプライドが高く、相手を見下す冷たさがあった。世間体を重視し跡取りとして恥じぬよう、征志の教育に心血を注ぎ、非常に厳しく指導したが、家事はいっさい民や家政婦任せで内面は孤独だった。

父の行志は一人息子だったが、理論先行の父を嫌い、厳の学者希望に逆らって、東大卒業時は実務者の道を選び、東京都の公務員になった。経済局長から副知事、その後、東京都知事になった。当たりは柔らかいが芯は頑固で、自分の信念を曲げないところは厳ゆずりだった。野外好きでキャンプや登山に征志を連れて行き、自然体験の中で瞬時に危機を察知して判断、対応することの重要さを教えた。征志が小学六年のときには冬山登山で遭難するも、カマクラを作って、父子で危機を脱出したこともあった。

行志は抜群の先見の明を発揮し、都知事時代に都政を改革、名を成した。特に財政面で大きな足枷になっていた社会保障費については、東京を特別地域に指定し、徴収した保険料収入を、国が推進していた保養施設や年金会館の建設というハード面に投資することなく、将来的に保険料収入が減ることを見越して、それを投資で運用して増やす仕組みを進め、かなりの運用益を確保した。現役世代が負担する保険料の一部にその運用益を活用、併せて税金から支払っていた年金にも回して財政支出を大幅に減らした。ただ、この政策は国から反発を買って、次の都知事のときには廃止された。

それでも行志は国民の強い支持を得ており、一部に「国政で、国の財政を立て直してほしい」という期待の声が上がったが「身の丈に合わない」と拒み続けた。

息子には「火中の栗を拾う勇気はない」と、本音を語った。

征志は一人っ子で、幼少期から頭が切れた。家で一人遊びするときには、囲碁や将棋、そしていろいろなパズルやクイズを解くことが好きだった。

彼の思考回路は、集めたさまざまな情報から状況を正確に把握し、複数の対応策を捻出する。そこから選択肢の利害を比較検討し、どれが最善策かを判断、効率的に問題解決を図るよう組み立てられていた。中学や高校で、実際にその力を生かしたことが多々あった。

教師と生徒、生徒同士の対立が生じた際も、征志は感情的にならずに公平に両者の言い分を聴き、和解に導いていた。

東大から、優秀な政治家を輩出することで世界的に有名なニューヨーク未来大学の大学院に進み、政治家の道を選んだ。

父からの忠告には同感を示しつつも、

「私は日本を見捨てる気にはなれません」と言い切った。

他の誰もができない難題の解決を自分こそが成し遂げて見せる。それが彼の生き甲斐だった。

だが、すでに日本経済は事実上財政破綻しており、前途多難という言葉でおさまるほど再建は生易しい問題ではなかった。


日本の政治は、ここ半世紀の間政権の座に就いていた国民平和党が、十年前に議員の政治とカネの裏金問題で国民の総反発を買った上に、関係議員の甘い処分がそれに輪をかけ、選挙で大敗して過半数割れとなった。やむを得ず、野党第一党でかつて政権に就いたことのある社会温厚党との連立政権を誕生させた。他にも万年野党と言われた女性弁護士の小林君江が党首の庶民党が一定の支持を集めていたが、連立には些細な意見の相違で加わらなかった。

　本来、衆議院のチェック機関である参議院でも、与党が第一党のためチェック機能は果たされていなかったこともあり、国民から国会議員の削減を強く求められていた。空前の財政難という状況にも拘らず高額な報酬を享受し、わが身を削ろうとしない政治家たちの姿勢は、国民から厳しい批判を受けた。ネット上で「確定申告拒否」のワードが急拡散、納税拒否の風潮が広がった。

　これに対して連立政権は国民の支持を得るために、地元に利益誘導することが重要な役割だった衆議院議員を「国のためにならない」と、他の野党とも連携して衆議院自体を廃止、一院制に変えてしまった。定員も参議院の三百人のみに減らして、政治家にかかっていた多額の費用を大幅に削減した。

　参議院の選挙区の内訳は、都道府県代表は定数を人口比率で一〜十四名に割り振って百五十名、旧全国区的な広域投票で、名簿順位を掲載した政党、もしくは個人に投票する全国代表で六十名、全国を五つのエリアに分けたエリア代表が九十名、合計三百名の定員だった。

ただ、この連立は元々政権を取るための手段であり、政党間の基本的な政策が違っていたことから対立、まともな政策が実現できなかった。両党が責任のなすり合いをした末、社会温厚党が連立の離脱を決意して長続きしなかった。その際、国民平和党は党内の大改革を実施、若手を中心に党内の体質改善を国民にアピール、党名も国家安泰党に変えた。

連立解消騒動のドタバタに呆れた国民は、新しく生まれ変わった国家安泰党に再び政権を委ねた。そして、この混乱の最中、前進党、財界や労働界をバックにした日本改善党が生まれたのだ。日本改善党は、企業出身の労働者の年金はそのまま維持して企業の労働者のみ優遇、それ以外は前進党同様に社会保障費予算を大幅に削る政策を掲げていた。

前進党は、無所属の神坂グループが中心だったが、旧国民平和党や社会温厚党からも離党した議員たちが加わった。

そんな、日本が混迷している状況の中、一年後の総選挙で前進党は「国民が今までのように、福祉を享受して生きていく国から、国に頼らない、自助努力で生きていく国に変わっていくべきだ」と主張し、その具体策をマニュフェストで提案した。

総選挙の結果は、現役の若手世代から中高年層までの圧倒的な支持を受けた前進党が、百五十五名を当選させて、僅差とはいえ、単独過半数を得て政権の座に就いた。

前進党は、その政策を一年後に国会で最終的な採決をすることを条件に、野党の同意を得て正式決定した。

主な政策は、

「福祉廃止法」

「民間委託法」

「徴労働制法」

これらは改革三法と呼ばれ、その内容は、福祉にすがり、自ら行動しようとしない他人依存症になった国民に自立を促し、脱福祉を推進しようとするものだった。

高齢者や障がい者施設の原則廃止（五年間の移行期間）、生活保護や各種補助手当の廃止、医療費の自己負担分増、受給する年金の完全納税額スライド制導入で福祉予算を大幅削減するのが福祉廃止法であり、官公庁の統廃合や業務の民間委託により、民間に比べて好待遇の公務員を大幅に削減して、国家予算の大きな部分を占める人件費を抑制するというのが民間委託法だった。

さらに、ニートやパラサイトなど、無職の若年・中年層を強制労働させるのが、かつての徴兵制ならぬ徴労働制法であった。

日本はこの改革三法を中心に、脱福祉国家として、自己責任国家へ大幅に転換する道を歩むことになった。


ところが、征志は「その先のさらに先」を睨んでいた。これらの政策が浸透しても、結果が出るには相当時間がかかる上、どこまで徹底できるか不明で、不十分な結果が想定されると考えて、さらなる強硬な政策が必要と考えていた。

それは、八十五歳になった時点で高齢になることを罪とする「高齢罪」を制定し、その先には、かつて、会社では常識だった定年制を模した「定死制」を法令化するというシナリオだった。

その第一段階として、まず国民全体に「尊厳死」の思想を広めて高齢者が長生きせず、自然に減っていくような雰囲気を作ることから始めた。

具体的には、日本ではヨーロッパのように尊厳死という思想が定着しておらず、いきなりその思想を広げると国民の反発が予想されるので、言葉の言い換えを意図、新興宗教の天寿教の教義にある、自らが自分の意志で進んで死を選ぶ「自選死」という言葉を利用し、定着させようとした。

それを推進するために「日本自選死普及連合」なるＮＰＯを陰で操り発足させた。啓蒙活動を推進したり、日本の未来として、懇意の漫画家による定死制導入のアニメを若者向けにネットで配信したりして、世の中から自然に高齢者が減っていく風潮を醸し出そうとしていた。


街のシネマスタジアム（映画館）では、まさに高齢で生きることを否定する映画が上映されていた。原作は「高齢罪」という漫画で、それが映画化されたのだ。

スクリーンにはそのシーンが映されていた。


〜裁判所の法廷〜

被告人席に、三人の老夫と二人の老婆が着席している。

後ろに弁護人が着席している。

検事席の検事が立ち上がる。

検事「被告人たちを『高齢罪』により、死刑を求刑します」

俯いている被告席の老人たち。

傍聴席から、若い女性が立ち上がる。

女性「やめて！　お祖母ちゃんを殺さないで、お願い！」

法廷内に入ろうとして、隣の中年男性に止められる。

男性「日本は定年制ならぬ、定死制の社会になった。八十五歳になったら、自ら死を選ぶ自選死をしなければならなかったのに、しなかったのがいけなかったんだ」

がっくりして、泣き伏す女性。

警備員に連れられ、退廷していく女性と男性。


館内では拍手する若い観客と、むっとしている高齢の観客との間で不穏な空気が流れていた。一人の高齢の観客は呟いた。

「いくら映画とは言え、気分悪い。原作の漫画を書いた奴を訴えてやりたいよ」

忌々しそうに若者たちを睨みつけるが、無視された上、逆に拍手が大きくなる。いたたまれず、高齢の観客は席を立った。

住宅地では、老夫が足を引きずりながら走っていく。それを追いかける若者たちは、手に野球のバットを持っている。

公園まで逃げてきた老夫の前にパトカーが停まり、警察官と老婆が降りる。

追ってきた若者たちは立ち止まった。

警察官が「何をやっているんだ」と若者たちを睨むが、逃げる気配もない。

「あーあ、早く定死制が実行されないかなあ」

「そうそう、その昔は定年制で、会社を辞めさせられたんだろう」

「ああ、役に立たないジジイどもは会社を追い出されたんだって」

「だったらよう、今の金食い虫の役立たずジジイやババアたちにも、強制的にこの世を去ってもらうのが一番いいんじゃねえ」

「定年制ならぬ定死制ってこと」

笑いながら会話する若者たちに怯える老人夫婦だが、警察官に緊張感は感じられない。

「お前ら、漫画や映画と現実を混同するんじゃないぞ」

「漫画や映画？　でもよ、そろそろ現実になるんじゃねえ」

巷では、相変わらず老人狩りが続いていた。

さらに、自選死こそが天寿を全うすることという思想を掲げる天寿教と、同教が運営し、その思想を人々に習得させる目的で行われるヒューマンセミナーの道場「極楽浄堂」を陰で後押しした。

ただ、この風潮に対して、敏感なネットユーザーから、

『政府公認の自選死＝他選死』

『自殺を強要する恐怖国家』など

政府が絡んでいることへの批判が多数寄せられた。

他にも、高齢者による犯罪や自動車事故などを殊更大袈裟に宣伝し、ネット上で「社会の弊害だ」と呟き、それに対して「いいね」の連発を意図的に操作して、国民の多数派意見のように見せかけたりした。

その天寿教で、ある日、教祖が政府から後押しを受けて利益を上げているとの内部告発がネットに載った。世間から批判を浴びると、教祖が二代目に変わった。二代目は、かつて銀幕のスターと言われて一世を風靡した俳優の日向苑花だった。

苑花は独身を通したが、七十歳になって寄る年波に勝てず、最近では脇役でテレビドラマに顔を出す程度だった。彼女の支援者は、ＴＶコマーシャルに苑花を使っている、高齢者相手の介護用品や器具、健康食品で有名な叶コーポレーションの創業者だったが、よく言われる男女の関係はなく、苑花を純粋に後押ししていた。ただ、息子の代になってその関係性は薄れていった。

三年前に母がガンになり、認知症も発症した。その看病と認知症の悪化に伴う介護も行うことで、俳優活動もできない状況だった。母は痛みで苦しみ、親戚からは「医療行為をやめて安楽死をさせてもいいのではないか」との忠告を受けたが、苑花は最後まで生きてもらいたいと、本人の意思に関係なく高額の延命治療を続けた。母は最新医療を駆使して生かされ、長らく苦しんだ挙げ句に死んだ。

死ぬ間際に母から「やっと地獄から逃れられる」と聞かされ、感謝の言葉を期待していた苑花は、自分の自己満足だったことに気づき大きなショックを受けた。その反省から延命治療に反対し、自分の意志で安らかに末期を迎えることが人間らしい生き方だと考えるようになった。

苑花は母とのことから「自分の意志で末期を迎える自選死こそが天寿を全うすること」

という思想の天寿教に入信した。同時に俳優を廃業、本名の森安寿としてブログを立ち上げたが、これらの経緯が却ってネットユーザーたちの注目を浴びることになった。

安寿は、ネットのブログで知り合った同じ考えを推進するホスピス系の医療グループ、大鷹スカイホスピタル理事長の大鷹舞子と親しくなった。舞子は理事長だった夫が三年前に亡くなった後、この医療グループの理事長になっていた。

その医療グループは、延命治療を一切行わないホスピス系の病院を全国の主要都市に二十カ所開設しているが、各病院の敷地内に設置された自選死を謳い文句に掲げる「旅立ち龍宮城」と名付けられた自選死対応施設は、マスコミやネットで話題になった。

安寿も旅立ち龍宮城を見学して感動し、すぐにブログに紹介した。この医療グループの後援者の中に前進党の議員もいた関係で、厚労省が密かに優遇処置を取るようにしていた。

第二章　改革三法

一年後、いよいよ改革三法の最終的な採決が国会でなされようとしていた。

当然これらの福祉を切り捨てようとする法案に反対する勢力も根強く残っており、その日の国会議事堂の正門前では、大勢のデモ隊が集まっていた。

『福祉予算削減反対』

『徴労働制反対』

『弱者切り捨てを許すな』

と書かれたプラカードを掲げた高齢者、若者やその母親らしき女性たちがおり、機動隊が放水車でデモ隊を押さえていたが、その後方には、別のプラカードを持った公務員たちのグループが大声を張り上げていた。

『公務員の人権を守れ！』

『民間委託法は憲法違反だ！』

報道陣がそれらの様子をテレビで中継しており、レポーターがテレビカメラに向かって叫んでいた。

「ご覧のように国会前は騒然としています。政府の提案した福祉廃止法、徴労働制法、そして民間委託法の改革三法に反対する人々で溢れています」

レポーターがデモ隊に押され、倒れ込みながら大声で叫ぶ。

「この大騒動は消費税反対のときの混乱の比ではありません！」

他方、国会議事堂前の別の大通りでは、スーツ姿の中年や若い会社員たちがデモ行進していたが、こちらはパトカーが先導して彼らを妨害から守っていた。

最前列の垂れ幕には、

『福祉は日本を滅ぼす』とあり、
彼らが掲げるプラカードには、

『年寄りの年金は廃止しろ』

『年寄りの医療費は全額自己負担しろ』

『生活保護廃止』

『税金は納税した人に使え』

『無能な役人は首を切れ』との言葉が並んでいた。

参加者たちは行進しながら、口々に叫んでいた。

「年寄りは年金を辞退しろ」

「年寄りの医療費は、税金の無駄遣いだ」

「引きこもりの尻拭いはＮＧ！」

国会議事堂内の議場では、騒然としている中、議長が叫んだ。

「よって、本法案は可決されました」

拍手と怒号、議長席に向かう野党議員たちの姿に、アナウンサーの声がかぶる。

「ご覧のように、改革三法は可決されました。それでは、ここからは政治部の橋本解説委員と進めていきます」

街頭テレビでは、アナウンサーと橋本がアップになり、背後のパネルに内容が映し出されている。

一、福祉廃止法
年金の大幅削減、医療費・介護保険費の国家補助廃止や生活保護費、各種生活補助（若年層向け補助は除く）手当の廃止
二、民間委託法
警察等特別職を除く公務員を廃止して民間に委託する
三、徴労働制法

十八歳以上の無職者（病気など特別な事情のある人は除く）を強制的に労働に就かせる

「ここに挙げた改革三法ですが、わずか十五票差という僅差でしたが、成立致しました。前進党が一部の国民の反対を押し切って成立させた背景について、解説をお願いします」

「日本の財政はずっと国債などの借金で支えられてきましたが、日本経済の悪化で海外の投資家が日本の国債を手放すようになり、これに国内の投資家も連動して、日本の財政は破綻同然になってしまいました」

橋本が続ける。

「先の参議院選挙で、財政再建を最重要課題として改革三法をマニュフェストに掲げた前進党が僅差とは言え、与党の国家安泰党に勝利して政権を奪取しました。前進党は公約通り、支出の大きな部分を占めている福祉分野や公務員改革にメスを入れたわけです」

アナウンサーが問いかける。

「国家安泰党も福祉以外の分野ではかなり予算の削減を行いましたが、福祉分野だけは、ほとんど手をつけませんでしたね」

「パラサイトや引きこもり、つまり納税していない人々への補助金や生活保護費はそのまま維持するという案が、現役労働者の大きな反発を買って、福祉反対ストライキにつながってしまいました」

橋本が表情を崩さずに続けた。

「生活保護者が外車に乗って遊びまくっていたり、貸金業をやっていたりしたのを放置して、生活保護費を機械的に支給していた役人に対する不満が爆発、公務員廃止の民間委託法支持につながったと思われます」

一方、総理官邸には首相の神坂征志、官房長官の黒岩巧をはじめ、閣僚全員が顔をそろえていた。征志は、秘書兼首相特別補佐官の今宮清明に耳元で指示を与えていた。

ずらり並んだ閣僚は皆無口だったが、一人初入閣の黒川国土交通大臣だけは雄弁だった。

「これで日本も救われますな。そもそも今の日本は破産同然なのに、まだいろいろ援助してくれなんて、国民はどうかしているんですよ」

上機嫌の黒川を一瞥し、征志は黒岩に合図を送り閣議が始まった。

閣議終了後、総理官邸の玄関付近には多くの記者やテレビレポーターらが待ち構えていた。閣僚たちが出てきたが、ほとんどは無口で報道陣を避けるように足早に去っていく中、黒川だけは立ち止まってマスコミに囲まれていた。

「今回はいろいろご批判もありますが、日本の将来を見越した神坂首相の大英断で、必ず後世から評価されますよ」

黒川は笑顔を見せ、上機嫌だった。

「大臣、一方では、高齢者や公務員たちを中心にした反対の声がすごいですが」

「それに生活保護や支援を打ち切られる弱者の立場からすると、人権無視の非人道的な決定だとの声もあります」

相次ぐ批判的な質問に黒川がキレてしまい、険しい表情でカメラに向かって叫んだ。

「何を言っているんだ。この日本はもう沈みかけた、いや、ほとんど沈んでいる船なんだぞ。それなのに、まだそんな甘いことを言っているのか！」

マスコミ陣は唖然として固まる。

「いいか、日本の金庫は空っぽなんだぞ。小遣いくれって言われたって無理だろう。働こうともしない、自分で汗を流さない奴に限って平気でタカってくる。冗談じゃない！」

総理室では、征志と黒岩が険しい表情でテレビを見ていた。

「やはり、大臣は早かったんじゃないですか」

征志の言葉に、黒岩は渋面で腕を組む。黒川は黒岩の推薦で初入閣していたのだ。

征志の背後にいた今宮がスマホを取り出す。

「改革三法が成立したとは言え僅差でしたから、当面は政府が高圧的な対応をして国民の反感を買わないように注意してくださいと、お伝えしたはずですが」

「まったく以って監督不行き届きで……」

「早々に身内から足を引っ張られては困りますね。黒川大臣は、身体のどこかに悪いところはなかったですか」

黒岩は無言で頷き、今宮が退室した。


都内の大鷹スカイホスピタルの最高級の個室に、今宮に案内されながら憮然とした黒川が入室した。

「ワシはどこも悪くないぞ」

「今、官房長官がこちらに向かっています」

「黒岩先輩が?」

「先輩じゃなくて、官房長官です」

翌日のニュースで、黒川が夜中に倒れて入院したと報道された。同時に、後任の大臣が発表された。

第三章　徴労働制法

政府は、徴労働制法で就労させる労働者の就職先として、国が指定する人手不足の業種に充てようとした。

まずその一番手として、介護分野を指定した。高齢者の介護保険を廃止して、近い将来、介護施設をなくす方向性を示したことから、介護ヘルパーが他の職種に転職するケースが続出、当面は介護施設の運営を維持するために国が人材を確保するしかなく、徴労働制法の人材を活用して、介護施設に無料で人材を提供しようとした。

具体的には、全国に介護人材の養成校を作った。札幌、仙台、東京、名古屋、金沢、大阪、広島、松山、福岡には介護人材の教育訓練大学校が設立され、埼玉県大宮には本部が置かれた。また、各都道府県に一ヶ所、養成校を設けた。

大宮の本部には、厚生労働省と文部科学省からそれぞれ担当者が出向したが、厚労省が本部長、文科省が総長と称して主導権争いをしていた。

政府は、徴労働制法により強制的に介護人材を育成する狙いだったが、教室には、若年層の引きこもりやニート、親の財産・年金に頼る中年層のパラサイトなど働けるのに働く気がないという、対人業務の介護に適する人材とはほど遠い人々が溢れていた。

養成校で介護の模擬実技授業を終えた卒業生たちの施設での実習では、現場拒否の大混乱が生じていた。

「汚ねえじゃねえか。何で俺がオムツをさわらなくちゃいけねんだよ」

「うっそー、何これ、すごく臭い！」

現実は、大学校はもちろん、養成校も定員割れしており、施設や家庭で介護を求めながら介護が受けられない「介護難民」が急増していた。

政府は、政策の正当性を国民に理解させるために、病気や障がいのある人たちが必死で働いているのに、健康な人が仮病で生活保護の認定を受けてパチンコやカラオケ三昧で遊んでいるドラマシーンや、親に守られて家にこもって一日中ゲームで遊んでいるニートやパラサイトの動画をネットに故意に流していた。

さらに、政府の施策から逃れようとしている人たちを見つけ出し、見せしめのために任意と言いながら実質強制連行して、徴労働制法に対する国民の支持を得ようと画策していた。

東京郊外の青梅市、閑静な住宅地の一軒の家の前にパトカーが横づけされていた。

三十代後半のいかにもオタク系の男性が警察官に連れられ、玄関から出てきた。後を追うように六十代後半の母親が続いた。

「お願いです、透は体が弱くて働けないんです」

「何か医師の診断書はありますか」

振り返った警察官が事務的に聞いた。

「それは……」

「今まで息子さんには三回、多摩地区介護センターに出向くようにお伝えしましたよね」

「……」

「息子さんは正当な理由なく法に違反していましたよね。徴労働制法第十条に従い、強制連行致します」

「でも透には無理です」

息子にすがりつこうとする母親を後ろから父親が止め、首を横に振った。


千葉市郊外の二階建て住宅に一人で住んでいる井口優奈は、四十五歳で未婚だったが、認知症になった母の介護を行い、去年その母を看取りながら死亡届を出していなかった。新卒で就職したが三ヶ月で職場の人間関係が原因で退職、以後は両親の庇護の下、悠々自適に暮らしていた。三年前に父が亡くなり、父の年金から減額された遺族年金を受け取っていた。

今回は、母の年金を生活費に充てるため死亡届を出していなかった。不審に思った近所の住人の通報で事実が判明、母の遺体は家に放置されていた。年金を受取るために隠していたのだ。


警察には、徴労働制法に従わず、密かに隠れている者たちに対する密告も相次いでいた。それらの報告は、日々厚生労働省の専門部署にも伝えられた。

厚生労働大臣の黛定臣は、大臣室で秘書官の持参した資料に目を通していた。

「かなり、苦戦しているようだね」

「大量の高齢者の世話をする施設にとっては、介護する人材を埋めるいい政策だと思いますが、現実的にはなかなか難しいです」

「そりゃそうだよ。介護の仕事はかなりの重労働だよ。それをプータローやパラサイトみたいな、仕事をする気がない人材にやらせようっていう方が無理な話だよ」

黛は溜め息をついた。

「年金を四分の一に減らしたことや医療保険を全額自己負担にすることへの苦情に対し、当面は必要な介護の費用を国が負担して不満を和らげようという政策でしたが、効果の方はどうも……」

溜め息をついた秘書官が続ける。

「生活保護や補助金の廃止の例外規定が設けられたため、その認可についてのクレームも相変わらずすごいですが」

政府は、原則生活保護費や各種補助金を廃止するとしたが、一部に例外規定を設けたために、その許認可の基準について「不公平だ。基準がおかしい」などの苦情が殺到、さらには対応する職員のレベルの低さが住民の怒りに輪をかけた。

厚労省にいる職員は、ほとんどが民間会社からの派遣に代わっていた。公務員は、自衛隊や警察、消防などの治安を維持する業務以外は民間に託された。それは地方でもまったく同じで、派遣社員以外は各庁舎に雇われた契約社員やパートで、かつての正職員としての公務員は一部管理職が暫定的に残っているだけだった。

公務員の廃止は当然国の出先機関、地方自治体にも及んでいた。政府は、今まで正規職員として定年まで安定した収入と、多額の退職金を得ることが出来た公務員を大幅に削減させた。一部は一年ごとの有期契約に変わって残るケースもあったが、無期契約の正職員を希望する者は転職を余儀なくされ、最終的に正職員は管理職のみで人件費を今までの三割程度に抑えようとしたため、一般職は派遣社員や請負など、すべて民間に委託することになった。

結局、例外規定の認可を受けられなかった人々は連携して反政府運動のデモに加わった。

「ようやく入閣できたが、どうも貧乏くじを引かされたようだ」

黛は窓際に立ち、外を眺めた。

第四章　裏プロジェクト

総理官邸には、連日議員に付き添われた各種団体の代表が陳情に訪れていた。すでに医療費の自己負担率は六割に上げられていたが、今後も毎年引き上げられ、五年後にはほぼ百%自己負担になってしまうのだ。

また、介護保険も現行は五割負担だが、こちらも医療費同様に引き上げられ、五年後にはすべて自己負担になる、つまり介護保険制度が事実上廃止されるのだ。

他にも生活保護費や障がい者への補助金も五年後には完全廃止することが決定していたが、その一方でひとり親世帯や子育て世代の補助など、若年層向け補助金は維持していた。

陳情団の必死の訴えに対して、黒岩は真摯に聞く姿勢を見せていたが、征志は窓の外を見たり、秘書官の今宮に耳打ちして指示を与えたりと、どうみても真面目に聞いている姿勢は見られなかった。

同行した議員が怒りの表情で苦情を述べようとしたとき、同席していた黛厚労大臣が慌てて両手で制した。

「まあ、皆さんのお話は、今後の政策に十分に反映を」

「できませんよ」

征志が間髪を入れず、強い口調で否定し、黛は顔を強張らせた。

「そんな無責任な発言をしてはいけませんよ、黛大臣」と険しい表情で注意した。

陳情団や同行議員が凍りつく中、黒岩が立ち上がった。

「まあ、今の日本は、皆さんのお申し出を受けられる状況にはないということです。もちろん、まったく無視するということではありませんので、誤解のないように」

同行議員に目で合図を送ると、頷いた議員が陳情団を促し、足早に立ち去った。


征志の私邸は、都心ながら、閑静な住宅街の一角にあった。五十年前の古い平屋の一戸建てには、元々財閥のオーナーが住んでいたが、その子孫が今は貸家にしていた。広い敷地には木々が茂り、庭園は花で満ちており、それらを管理する管理人が専任でいた。

一国の総理大臣が私邸に借り受けたいとの申し出に貸主は驚き、建物だけでなく室内設備も古くて不便だと説明したが、征志は「設備環境はまったく気にならない、この家の雰囲気が気に入った」と言って入居した。

幼い頃、山形県の天童にあった祖母の実家が好きで、夏休みにはよく通った。古い茅葺き屋根の大きな家だった。同世代の友達とは話が合わずにいつも一人だった征志は、山形の従兄弟たちとは無邪気に遊ぶことができた。大きな庭や近くの草原を散歩するのが楽しかった。

その祖母の実家と雰囲気がそっくりだったことで、ここに決めたのだ。警備上も一戸建てで特に問題がなく、歴代の総理としては、間違いなく一番安価な家に住むことになった。

秘書官の今宮は、埼玉県の浦和に住んでいた。四十歳の彼には妻と小学生の一人娘がいたが、業務に専念するため、私邸近くのマンションに単身赴任していた。彼もニューヨーク未来大大学院の卒業生で、征志の後輩だった。彼は卒業後、征志の秘書としてこの五年間、常に一緒だった。今は、首相特別補佐官の肩書きもついた。

いつもは総理を車で送って帰宅する日課だったが、この日は珍しく征志から夕食に誘われた。彼を崇拝する今宮はうれしかったが、夕食と言ってもウーバーイーツの洋食セットだった。

食後、ここに勝手に住み着いた近所の野良猫で、征志も気にせず同居している「ミケ」を撫でながら、今宮は話しかけた。

「官房長官にも困ったものですね」

スマホを見ていた征志は苦笑する。

「今は、抜けてもらうわけにいかないからね」


黒岩は元々国家安泰党の議員で、十年前、贈収賄疑惑で騒がれたときに秘書が自殺、責任を取った形で議員を辞職したが、次の選挙では無所属にて出馬、財界に太いパイプがあり、企業ぐるみや人脈を活かした応援のおかげで当選を果たした。

そして、三年前の前進党結成の際、征志のブレーンの推薦で前進党に加わり、その後頭角を現して今や征志の右腕となっていた。

黒岩は相手の懐に飛び込み、良好な人間関係を築く名人と言われ、政界に豊富な人脈を持っていた。党幹部らはいい人材が来たと喜んで受け入れた。

官房長官として征志に一生懸命尽くす反面、普段は決して出しゃばろうとせず、あくまで裏方に徹して、各方面の調整を黙々と行っていた。

ただ、黒岩が本心では総理の座を狙っており、そのために財界にも独自のブレーンを広げているらしいという噂は耳にしていたが、そのまま登用し続けた。

黒岩は、政府の施策を推進するために、国家安泰党の経産省副大臣時代だった頃からの人脈で懇意にしていた評論家たちをマスコミへのイメージ戦略として利用し、「脱福祉国家政策こそ、日本に残された唯一つの道」と征志の持論を唱えさせた。マスコミに対しても、親しい記者たちをうまく使って雰囲気作りを行った。これらのことは、征志には思いつかない手法だった。

「余分な延命処置は明らかな人権侵害で、人としての尊厳死の権利を奪っている。これからは自己責任の時代で死に方も自分で選べる『自選死』の時代」との思想をさまざまなヒューマンセミナーやネットを使って広め、自選死ブームを巻き起こすという手法も黒岩の考案だった。

征志は、今の政策でも国が守れないと判断したとき、高齢者を減らそうという高齢罪や、それに伴う定死制の法制化を推進するという、自らのシナリオの準備作業に入ろうとした。

そして、この案を検討するために、黒岩官房長官を責任者とした裏プロジェクトを発足、座長として法律のプロの元法制局長官の白石を任命した。白石は黒岩の高校の先輩だったが、タイプは正反対で正義感が強く、不正を許さなかった。法務省に入省、重要な役職を経験後、最終的には内閣の法制局長官になった。

今回、黒岩からの依頼で座長を引き受けたのは、前進党の脱福祉政策の考えに賛同したからだったが、裏プロジェクトの真の狙いについては、事前に聞かされていなかった。

征志は、黒岩が集めたプロジェクトメンバーたちに趣旨を説明した。そこには医学や経済の大学教授や著名な評論家に交じって、元医師会会長で脳外科医の医事評論家としてＴＶで活躍する「日本自選死普及連合」（ＮＪＲ）を立ち上げた世良大地や、その後輩の日本病院協会の会長もいた。

大学教授が口火を切った。

「福祉は国家が余裕のあるときに行うものであり、今の日本にはまったく余裕はありません。それどころか、このままでは日本の財政は崩壊、かつての第二次世界大戦後の、あの頃の飢えた日本に逆戻りしてしまいます。日本経済が復活して国家財政が安定するまでは、支出を減らさなくてはなりません」

黒岩が続ける。

「現実は、戦後の日本を復活させた団塊の世代の高齢者たちが、大いに足を引っ張っていることを認識すべきです」

病院協会の会長が発言する。

「今の延命治療は自然の摂理に反しますし、人間の尊厳を傷つけていますよね。気の毒な寝たきり老人たちを助けましょう」

「その意味では、最近流行り出した天寿教や一切の治療を行わないホスピス系の病院内に設置された自選死対応施設の旅立ち龍宮城などは、まさにこれからの時代にマッチしていると言えます」

世良が共感の姿勢を見せた。

他のメンバーからも、これらの内容をマスコミやネットへの書き込みをうまく使い、余分な延命は人権侵害で人の尊厳を失うという思想を、ヒューマンセミナーや宗教を使って広めて、安楽死や自選死ブームを流行らせたらいいとの意見も出た。

征志の思惑通りに議論が進んだが、それは元々、征志の意図を汲んだメンバーを集めた黒岩の手腕だった……、唯一人を除いては。

その翌日、座長の白石から「健康上の理由で座長を辞退したい」との申し出があった。

会議中、ずっと無言で険しい表情を崩さなかった白石に、黒岩は不正を憎み、正義を貫く白石を利用しようとしたが、白石が真意を察して辞退したことに気づき「やはり、無理だった」と判断、世良を後任の座長にした。

世良が称賛した天寿教の総本部は、佐久平市にあった。俳優の日向苑花、入信後は本名に戻した森安寿は母を長い闘病生活の末亡くしたが、その際の身を粉にした看病が単なる自己満足で、母にひどい苦しみを与えたことを猛省、それを契機に延命処置を取らない自選死で天寿を全うするという思想の天寿教に入信した。ところが、去年初代の教祖が政府との不正行為が発覚したため、知名度があった安寿がその後を継いで二代目教祖になっていた。

ホスピス系病院と、その中に新設された旅立ち龍宮城のオーナー大鷹舞子は、かつて銀座の高級クラブのママだったが、五年前に延命治療を一切行わないホスピス系の病院を全国の主要都市に所有する大鷹スカイホスピタルグループの理事長と結婚、夫が亡くなった後は理事長になっていた。世良は銀座のクラブ時代からの大の贔屓客だった。

若い頃は保険外交員であり、常にトップの売上成績を上げていた舞子は、その後銀座のクラブのホステスに転身、さらに人気クラブのママに抜擢されていた。夫はそのクラブの上客の一人だった。
夫が三年前に没し理事長になったが、やはり、かつてクラブの客だった黒岩の依頼で旅立ち龍宮城なるものを病院の敷地内に設置しており、この自選死対応施設はマスコミでも話題になった。世良には高額の謝礼が渡っており、あえて名前を出していたのだ。

一方、巷では「老人狩り」と呼ばれるごろつき共による高齢者への嫌がらせや暴力が横行していた。それを任意ボランティア団体で国が後押ししているＮＰＯ健全社会推進隊、略称ＫＳＳが警察に代わって取り締まっていた。ところが、ごろつき共自体が裏でＫＳＳとつながっており、注意だけの取り締まりで老人狩りは一向に減らなかった。老人たちはますます生き難くなっていた。

ＫＳＳは、政府の意向を推進するために密かに黒岩の肝いりで発足していたのだ。元自衛隊で特殊工作を行っていたメンバーを中心に組織され、その手法は、政策に反対する勢力にスパイとして潜入して内部から切り崩したり、民間人を扇動したりして政府の政策を反映させる方向に煽っていくという、実態は黒岩の指示を受けて裏工作を行う別動隊だった。責任者の菅野公作は自衛隊の特殊部隊のエリートだったが、セクハラ・パワハラで失脚していた。その菅野に手を差し伸べたのが黒岩であり、裏の実行部隊のリーダーとして操っていた。

健全社会推進隊（ＫＳＳ）の本部は、警視庁の近くの三階建ての警察署風の建物であり、各支部も警察署に隣接されていた。施設内にはパトカーに似たＫＳＳの車が並んでおり、本物のパトカーも自由に出入りしていた。そこには、笑顔で敬礼を交わしあう警察官とＫＳＳの隊員の姿が見られ、親密な関係にあった。

第五章　国家安泰党

国内では先の総選挙で前進党に敗れた前与党の国家安泰党が、政権を取り戻すために動き出していた。

その第一歩として、同党で初の女性総裁の望月環を誕生させようとした。

環は四十五歳で東大からニューヨーク未来大大学院に進学、卒業後は外務省に幹部候補として入省、条約課長を務めた。東大在学中征志と同棲したが、ニューヨーク未来大大学院に在学中に別れていた。

その後、外務省を辞めて国家安泰党から国会議員になり、総裁の星泰介にかわいがられ、外務副大臣や党の要職を務めた。

征志が前進党の結党時、環にも声をかけたが、当時国家安泰党で副幹事長の要職に就いていた環は断っていた。今回、野党に転落という最大のピンチに、政権奪還の切り札として前首相の星が抜擢したのだ。

環は前進党の脱福祉政策に個人的には反対ではなかったが、表面上は国家安泰党の方針に合わせて、反対の立場を表明していた。

元々国家安泰党は、長年にわたって政権を担ってきたが、少子高齢化や新型コロナの影響、物価高騰に円安が加わって悪化した日本経済で、有効な対策を打てずに国民からの支持が低下、なんとか政権を維持していたが、新しくできた前進党に敗れて野党に転落してしまっていた。

選挙前の事前予想では、過半数は確保して政権は維持するとマスコミが報じていたため、国家安泰党が負けたのはまったくもって油断のひとことに尽きた。捲土重来を期すには、選挙に敗れた前首相ではなく新しい顔が必要であり、それに加えて女性層の獲得も狙って環になったのだ。

　この日、国家安泰党本部の会議室には、星や前官房長官の浦部をはじめとする国会議員に、党の幹部と新しい総裁に星が密かに決めていた望月環が顔をそろえていた。

　浦部から、総選挙についての総括がなされた。

「敗北の原因について、さまざまな検討を加えましたが、やはり大きかったのは高齢者層の棄権だったと思います」

「前進党が、『今後の政治はこれからの社会を担っていく現役の人間が決めるべきで、日本の財政を悪化させている高齢者たちは棄権すべきだ』なんて選挙前にネットを使って若者たちに浸透させ、彼らから祖父母たちに棄権するよう依頼させたり、若年層による投票所周辺での説得で、高齢者たちが投票せずに帰ってしまったりしたのが痛かったな」

　長老議員の徳田が顔をしかめた。

「国家安泰党の支持基盤は投票率の高い高齢者層で、それが強みだったが、今回は前進党の策に嵌って多くが棄権してしまったからな」

「ホント、うまくやられましたな。ですが、冷静に考えれば、まだ国家安泰党が政権復帰する可能性は大いにあるということです」

「そうだよ、我々は前進党の小細工にやられただけで、本当に負けたわけではない」

出席していた幹部たちが、口々に前進党を非難し始めた。

浦部の合図に頷いた星が立ち上がった。

「とはいえ、負けは負けだ。それに今後、若者や中年層をあからさまに非難して敵に回すことは得策ではない。彼らを味方につけつつ政権を奪取するための切り札として、望月君に総裁になってもらおうと思う」

一部、特にベテラン議員たちが明らかに不満の表情を表して発言しようとしたが、中堅・若手議員たちの「賛成！」の大きな声にかき消されてしまった。

星の隣に座っていた環が立ち上がった。

「必ずわが国家安泰党に政権を取り戻しましょう。それには、まず前回の選挙で眠っていた高齢者の皆さんを呼びおこし、『選挙で自分の意見を訴えましょう』と呼びかけて、今度は投票していただきましょう」

「そうだ、そうだ」の声が響く。

「今後は、前進党の政策に反対する人たちと連携を取り、アンチ前進党勢力を結集して戦っていきましょう」

望月環は、北海道で牧場を経営する祖父母や両親の下、大自然の中でのびのび育てられた。自由な発想で臆せず何にでも挑戦する活発な子どもだった。その影響で机上の学問とは異なり、実体験を伴う豊かな知性、独立心が自ずと身についていた。

率先垂範をモットーとする環は、成績優秀なだけでなく、学生時代は他校にも広く知られるマドンナ的存在に成長していた。

当たり前のように東大に入り、そこで知り合った神坂征志が環の人生を変えた。彼の冷静で客観的な視点、俯瞰的に全体を見て問題解決する能力に感動し、躊躇なく彼と共に人生を歩みたいと考えて、ストレートに彼に伝えた。

征志は、自分とは正反対で即行動する環に戸惑ったが、彼女の伸びやかで柔軟な発想に興味をもち、同居することにした。世間的な目から見ると事実婚かと周りは解釈したが、二人は別世界の考えで、周囲を気にすることなく一緒に生活した。

征志が東大を卒業して政治家になるために、ニューヨーク未来大学の大学院に進んだときも環は同じ道を選んだ。ただ、同大の大学院には、世界中から優秀でさまざまな考えを持つ人材が集まっており、今まで征志のみを見ていた環は、完全に別世界に目覚めてしまった。

　環は征志と別れて一人で暮らすようになったが、大学院では今までと変わらず征志とも会話をし、彼も何事もなかったように同じ態度で接した。

　大学院を卒業して一時帰国したときも同じ飛行機で、空港でも普通に別れた。特に今までの関係がどうとか、これからどうするかについて、お互いにまったく触れなかった、というより、そういう考え自体を持ち合わせていなかった。

　その後、征志は大学院の恩師に呼ばれてアメリカに戻り、ニューヨーク州の中都市の市長補佐になった。その三年後には三十代の若さで市長になった。在任中はかなりの成果を上げたが、一期で終えて日本に帰国、話題を集めて無所属ながら国会議員になった。当選後は、若手を集めて神坂グループを結成していた。

　一方、環は帰国後外務省に勤務していたが、当時外務大臣だった星の目に留まり、国家安泰党から国会議員になり、その後、外務副大臣に抜擢された。家業の牧場は、弟が継いでいた。

　今回、前進党に敗れて下野した国家安泰党の再建の切り札として、征志と対峙することになった。

党本部を出てきた環にマスコミが群がった。

「党をどう立て直していくつもりですか」

「新しい政策は」

政治の質問に交じってプライベートな話題も出た。

「首相と同棲していたというのは本当ですか！」

「神坂首相とはなぜ別れたんですか」

芸能系のレポーターの質問にチラッと目をやったが、環はそのまま足早に過ぎ去った。

テレビやネットでも環と征志の関係について話題騒然となり、ネット上にはさまざまな書き込みがなされた。

『征志が環にＤＶを行っていた』

『環に新しい男ができて出ていった』

何の根拠もない書き込みが多く寄せられたが、環はもちろん征志も完全に無視した。

新政権発足の一カ月後、政権交代時には恒例となっている政権与党と野党第一党の党首による党首討論が行われた。いつもは国民の関心が低かったが、今回は違っていた。政策だけでなく「元恋人同士の因縁の対決」という芸能系スポーツ新聞をはじめとしたマスコミの煽りもあり、注目の的となっていた。

テレビやネットでその模様が流されたが、その中に国民をギョッとさせた征志の発言があった。

それは、日本の政治の大原則である民主主義を征志が真っ向から否定したのだ。

「世界で民主主義国家と言われている国は減る一方で、今では数十カ国になってしまった。その原因は、民主主義が政治にとっては非効率的で馴染まないものであり、国の発展を阻害するからである。」

戦後の日本は、民主主義国家として一致団結して歩んできたが、現代のように各々が多様な価値観を持っている時代には、民意を統一することが困難になっており、重要な政策が滞り政治が停滞、結果的に国が衰退したと主張したのだ。

国家安泰党の望月総裁から、

「民主主義は、政治にとって非効率的だとおっしゃっていますが、それは『政治的観点から見ると、民主主義的な考えで進めることは間違っている』という意味でしょうか」

当然否定すると思われたが、征志はいとも簡単に認めた。

「いろいろな事案について、皆さんが正しく理解しているわけではありません。にもかかわらず気分で反対したり、間違った認識で反対して滞ってしまうケースが多々発生しています。政治を行う立場からすれば、非常に効率が悪いと言えます」

「確かに非効率的な面もありますが、神坂首相は一人の政治家が正しく判断して、独断的に実行していった方がいい結果を生むというご意見でしょうか」

「そうです」

「それでは、独裁国家になってしまいます」

「かつてのヒットラーとか独裁国家というのは、非常に問題があったと言いたいのでしょうか」

「当然です。まさか、日本を独裁国家にするおつもりではないでしょうね」

「私はヒットラーを否定しません。当時の状況を考えれば、彼の政策自体は間違っていなかったと思います」

「あなたはヒットラーを目指しているということですか」

「彼は結果を出せなかった上、世界を混乱に導いてしまった。彼自身の問題であり、その政治家の資質や知識、そして何より人間性がしっかりしていれば問題は発生しません」

「ズバリ、ヒットラーはダメですが、神坂征志が行えば、独裁国家もよろしいということでしょうか」

環の突っ込みに、多くの国民は賛同した。


ネット上で征志は炎上した。

『日本のヒットラー』

『独裁万歳！』

『総理は宇宙人』

さまざまな批判のワードで溢れた。ただ、その一方で、征志を肯定する意見もかなりの数でネットに載った。

『アホは百人集まってもアホ！』

『天才に問題を解決してもらうことは、非常に効率的で無駄がない』

『神坂にしか日本の危機は救えない』

【第二部】　レジスタンス

第一章　団塊党結成

東京から北陸新幹線で途中の軽井沢駅で降りると、白煙を噴き上げる浅間山がそびえているのが見える。そこから車で三十分の浅間山の麓に浅間山温泉町があった。浅間山の地熱を利用した温泉町で、首都圏に近いこともあり人気があった。かつて町内には五十軒ほどの旅館・ホテルがあり、一年を通して賑わっていた。

元々は江戸時代から続く古くからの温泉町であったが、コロナで国内旅行がストップしたときの影響で閉館してしまった旅館も多く、今では二十軒ほどのホテルや旅館に激減、観光が主産業の町の財政はかなり厳しい状況にあった。

この寂れた老舗の温泉町に、かつて国家安泰党で星前首相のライバルとして総裁を争った、浅間輝久が戻ってきた。常に全力でスピーディに活動する輝久は、日本のトランプと呼ばれていた。

先祖は浅間藩一万二千石の大名という由緒ある血筋で、二十代目だった。

父は町長から県知事になったが、輝久は町長から国政に進出、当時与党だった国民平和党（現在の国家安泰党）で副幹事長、建設大臣や外務大臣を経て頭角を現し、幹事長に就任、浅間派の総帥として首相候補にもなったが、総裁選では元々浅間派に属しながら、同派を飛び出して若手や他派閥と連携した星に敗れた。

事前予想では勝っていたが、星の切り崩し工作や連携していたはずの他派の裏切りで敗れたのだ。次を狙って精力的に動き出したが、総裁派閥ではないことでメンバーの離脱が続いた上に、星の画策で七十五歳定年制を決議されて、結局党を追われてしまった。

「星だけは、絶対許さん！」

それが、彼の口癖だった。

その後、国会議員を辞めて三年前に郷里の浅間山温泉町に戻ってきたが、翌年、町長に返り咲くと、前進党の脱福祉国家政策に真っ向から反旗を翻し、独自に町政を行った。

輝久は、終戦後死に物狂いで働き、荒廃した日本を世界第二の経済大国に押し上げる原動力となった団塊世代を蔑ろにしようとする前進党を許せず、特に「神坂は絶対に許せない」と公言していた。

脱福祉政策の影響で、高齢者の自殺や心中が全国で急増し、高齢者を邪魔者扱いする風潮が世間に蔓延してきたことに危機感を抱いていたが、その怒りが頂点に達した彼は予想外の行動を取った。

突然、団塊世代や弱者たちを守ることを旗印にした「団塊党」を立ち上げたのだ。浅間山温泉町では団塊党の政策を実施すると発表、短期間で彼の行動は加速していった。

広大な私有地に「団塊パラダイス」なる団塊世代向け保養施設、温泉付き病院や介護施設を有する複合施設を建設、アウトレットショッピングモールやスポーツ施設も加えて、全国の苦しんでいる団塊世代を呼び集めた。

元気な団塊世代には医療や介護を行う側になってもらい、年金についてもこの世代間でまかなう仕組みを作り、過疎化で衰退している同町の地域再生にもつながっていった。

団塊パラダイスの運営は、全国の行楽地にレジャー施設やアウトレットショッピングモール、首都圏では高齢者向けの高級マンションを多数建設して成功をおさめている同町出身の実業家、益上万蔵に依頼した。

益上は、輝久が国家安泰党の幹事長時代にピンチに陥った際に助けられたことがあり、輝久を崇拝していた。

輝久は、団塊パラダイスの周辺に高齢者のマンションや一戸建て住宅を建設して、全国から団塊世代を受け入れ、高齢者の終の棲家になることを目指すだけでなく、そのファミリーたちも受け入れる、まさに一大ニュータウンを目指そうとした。

今後の日本では法律で廃止となっていく高齢者の介護施設についても、既存の施設を残すだけでなく、新たに介護施設を増設して「ザ・ダンカイ」と命名し、一号館から十号館まで大幅に増やした。

輝久の妻の里美はおっとりした料理好きの女性だが、父親は杉並区の都議会議員だった。父の秘書をしていたときに輝久と知り合って結婚、輝久の後援会を切り盛りする姉御肌の女性であった。

長男の輝正は、即断即決、イケイケどんどんの輝久とは正反対で、温厚ながら物事を着実、的確に進めて結果を出すタイプの人間だった。政治を嫌って建築関係の学校に進み、地元の前広建設に就職、社長が高齢で引退した際、後継ぎがいなかったために社長の強い要望で二代目を継いだ。

議員である父輝久を一切頼ろうとせず、地道に、そして誠実に経営することで顧客を増やし、社長就任後十年で県内有数の建設会社にした。

前広建設は輝久の構想に全面的に協力し、子会社を含めて全社を挙げて各施設の建設に取り組んだ。

「頼んだぞ」

頷いた輝正が工事現場に駆け込んでいく。

視察に訪れていた輝久は、輝正の逞しさを感じ、笑みを浮かべた。

輝正は子ども心に、せっかちで、常に周囲を怒鳴り散らしたり、平気で夜中に部下に指示を出す父親には嫌悪感があったが、いつ寝ているのかと思うくらい寝る間を惜しんで世のため人のために尽力し、必ず成果を上げてきた姿には、心から敬意を抱いていた。

周囲から感謝されて手を握られたとき、感激して涙している父の姿は強く心に焼きつき、誇りであった。今は、どんなことをしても輝久の期待に応える決意をしていた。

輝正の妻の彩音は五十四歳で、町内の介護施設「浅間介護サービス」の施設長だった。元々は、前広建設で経理事務をやっていたときに輝正と結婚して退職し、子育てに専念していたが、八年前、実家の長野で自分の母親の介護をしたことで人生が変わった。ひどい認知症の母の介護に苦労した彩音は、近所で同じ境遇だった高校時代の同級生が介護疲れで自殺したことにショックを受けた。一個人で介護を背負ってはいけない、餅は餅屋のことわざ通り、専門家の力を借りなければ悲劇が起こると、強烈な危機感にかられた。

介護は重労働だが、時折見せる母の無邪気な笑顔に、彩音は救われる思いがした。母を看取る最後の時、彩音が握った手を母はわずかな力で握り返してくれた。少し微笑み、ひと筋の涙を流し、母は眠るように亡くなった。

胸がいっぱいになり、涙が溢れ、言葉にならないあらゆる感情が一緒くたになった涙だと感じた。母の最期の光景は彩音の心に在り続け、光となった。

誰かの力になるために、介護を仕事にしよう、そう決意してこの道に進んだのである。子どもたちが独り立ちすると、介護福祉士の資格を取って介護施設で働き始めた。

現在は入居施設とデイサービスを運営している浅間介護サービスの総合施設長だった。

ここは、日本で以前からある介護施設のスタイルをそのまま維持しており、日本に残る数少ない高齢者の介護施設になってしまった。

前進党政権になってからは、高齢者の介護は国が運営し、徴労働制法で介護職に就かされたヘルパーたちが主力とされたが、当然、介護のレベルは著しく低下、虐待や無視が日常茶飯事化、その結果、高齢者の自殺や衰弱死が激増することが予想された。

だが、輝久によってザ・ダンカイとして生まれ変わった浅間介護サービスでは、施設を増設して従来からの入居者ファーストの温かい介護が行われており、浅間山温泉町では、団塊パラダイスと高齢者向けの介護施設ザ・ダンカイが特に人気を博していた。


浅間山温泉町の主産業である温泉については、町内最大のホテル「浅間山いこいホテル」のオーナーで輝久の幼馴染みの泉谷周杜が温泉組合の組合長を務めていた。温泉組合も輝久に全面的に協力、従来の観光客やインバウンドで増えている外国人観光客に加えて、団塊世代とそのファミリー向けに新しい企画を繰り出していた。

周杜の妻の律は、このホテルの女将であるが、同時に浅間山温泉の女将たちを束ねる女将会の会長を務めており、浅間山温泉全体の発展に尽力していた。

ホテルの代表は長男の周吾、その妻の陽子が若女将だった。周吾の三人の子どものうち長男の圭吾は、温泉組合の青年部部長としていろいろな企画立案に励んでいた。入浴料金を八十歳以上は無料、七十歳以上は半額、付き添い者も三割引にするとともに、浅間山や上田城をかたどった浴槽、忍者からくり温泉などは、子どもたちのみならず外国人にも効果てき面で、日本全国だけでなく、海外からも観光客を集めた。

次男の信吾は、高校生のときにインターハイで柔道のチャンピオンになる傍ら、情報関連に興味を持ち、情報系の専門学校に進学、ＩＴ会社でＳＥの仕事をこなす文武両道の青年で、今は町に戻り浅間セーフティネットという警備会社で働いていた。

末っ子で長女の愛は、彩音が施設長になっているザ・ダンカイで、介護福祉士として働いていた。明るい性格に加え、元バレー部セッターとしての経験から、常に全体を見渡せる気遣いや、人の力を引き出し鼓舞するリーダーシップがあり、瞬時に的確な行動が取れることで、施設内でも頼りにされていた。「愛ちゃん」と呼ばれ、人気者だった。実家のホテルに有名なダンサーが宿泊した際にダンスを教えてもらって以来熱中し、今ではプロ級の腕前となったダンスを披露することもあり、入居者、家族や職員のアイドルとなっていた。

輝久は、政府の脱福祉政策を完全に無視し、団塊党の政策として地域振興を名目に、全国から勤労意欲満々の団塊世代や団塊ジュニア世代を集め、昭和時代の「エコノミックアニマル」を復活させて、さまざまな新規事業を始めた。

また、陶器や民芸品などの伝統工芸品や職人技が全国で衰退していくことを憂い、職人、特に高齢の団塊世代の匠と各々の作品工房館を建設して観光客に作品を鑑賞してもらい、販売も行った。それらはネット販売も合わせて国内外で飛ぶように売れた。世界を席巻する日本のアニメ、マンガ、ゲームといった現代文化と同様に、丹精込められたメイドインジャパンの伝統的逸品は、世界中の人々を魅了し脚光を浴びることとなった。その波及効果で、自治体や学校からの見学が殺到した。

輝久は、匠からの次世代へ技を伝えていく伝統工芸の継承、海外への事業展開も視野に入れ、積極的にビジネスを行っていったのである。

全国から集まった団塊世代のシルバーたちは、自ら望んで昔の高度経済成長期の労働基準法を無視した「働きバチ」になり、働き続けた。その結果、過労死する老人たちもかなり出たが、末期の言葉は皆共通していた。

「これぞ本望」「最高の人生だった」と笑顔でこの世を去った。

これに対して日本政府は、黒岩官房長官の談話で「団塊世代を自らの命を顧みずに過労死させていることは、正に『自選死』させていると同じことであり、ダンカイ日本に政府を批判する資格はない」と強く非難した。

若者たちへの伝承も「優しく教えている時間がない」と、パワハラが当たり前のスパルタ指導だったが、逃げ出す若者もおらず、皆それを必死に受け止め吸収することに励んだ。

さらに、体力自慢の高齢者は、観光用の駕籠や人力車を操り、並行して高齢者のデイサービス施設や病院への送迎、子どもたちのクラブ活動へのさまざまなサポートも行った。

ここでは、時計の針が逆戻りして、時代は完全に「昭和」に戻っていた。


県内有数の財閥である富永財閥の総帥富永茂太は、浅間山温泉町に隣接する佐久平市の出身で、輝久の高校の同級生だった。輝久は、富永財閥の援助で温泉地熱発電所を開設、町内へ電気を安定供給するだけでなく、他の地域へ電気を売り、かなりの利益を確保していた。また、浅間山温泉を火山や溶岩を利用した地熱ラドン温泉と謳い、世界に発信した。

茂太の実家は江戸時代から続く酒や味噌を製造する老舗で、今ではそれに伴う商品の販売から精密機器や情報ネットワークの分野にも進出している信州の名門財閥として名を馳せていた。茂太は息子の和光に社長を任せているが、今回の輝久の決断に諸手を挙げて賛成、積極的に協力していた。

他にもう一人、子どもの頃から正義感が強く、警察畑に進んだ矢吹武彦が、輝久の幼馴染みにいた。武彦は警視総監を退任後、大手警備会社に乞われて顧問になったが、その後社長として活躍した。

二年前に地元に戻ったが、「人の命を守るプロフェッショナル」を輝久が放っておくはずがなく、矢吹を代表にしてこの町の安全を守るための「浅間セーフティネット」という警備会社を立ち上げてもらった。

輝久、周杜、茂太、武彦は、かつては信州の四天王と呼ばれて、地元では有名だった。

その他、浅間山温泉町では、パラサイトシングル、黄昏同居の対象者に就労支援チームをつけ、まずボランティアから始めて興味ある分野のアルバイトに就かせた。高齢者の見守りやレクリエーション、建物設備修理・家具製作、野菜・果樹栽培、動物の世話、配達など分野はさまざまだった。

これらの輝久の団塊党としての政策により、浅間山温泉町には全国から政府の方針に反対した勢力として、団塊世代だけでなく、福祉の恩恵を受けていた生活弱者と言われる若年層や公務員を退職した中高年層も集結した。

同町は活気を取り戻し、経済活動も盛んになった。その噂を聞きつけた県内の高齢者やその家族たちも移住するようになり、減少傾向だった人口が増え出した。他の地域からはうらやましがられ、それに対する不満や苦情が政府に殺到した。

第二章　ダンカイ日本建国宣言

神坂政権は輝久の独断を苦々しく思っていたが、それに輪をかける、政府にとっては国の根幹を揺るがすべき重大事件が発生した。

輝久は、毎日主だった幹部を集めて近況報告をさせ、常に町内の状況をチェックしていたが、その日は通常のメンバーの他に全町会議員、主要な役所の幹部、ザ・ダンカイの施設長や温泉組合の幹部など、各方面から主だった人々に急遽招集をかけて、突然の重大発表を行った。

輝久が、自らの政策を推進するために日本から独立し、高齢者や弱者に手厚い福祉を施すことを国是とする新しい国「ダンカイ日本」を建国すると宣言したのだ。

同時に国の体制として、外交省、内務省、福祉省、法務治安省、観光省、国家安全省を設けた。外交大臣は輝久が兼務、内務大臣は町の総務部長出身で町議会議員の丸岡純也、福祉大臣は郷里の長野市で病院を開業している元厚労大臣で浅間派だった三吉晴人、法務治安大臣は富永の弟で弁護士の直仁、観光相は泉谷温泉組合長、国家安全大臣には矢吹を就任させ、輝久の補佐には富永を据えた。

町議会は国会となり、国会議員としての選挙を実施した。その結果、定数二十五のうち十五を団塊党所属、または推薦の議員が占めた。その他、国家安泰党系が五名、日本でも野党の社会温厚党が二名で、前進党は辛うじて一名が当選したのみであった。その他の二名は無所属だったが、いずれも輝久を支持していた。

建国宣言は、全国から団塊層を中心に高齢者や支持者が集まるさらなる呼び水になった。

輝久は国会議員の選挙でこの国の大統領となり、富永を副大統領に指名した。諸外国にも「ＤＡＮＫＡＩＪＡＰＡＮ」と称して外交活動を展開、世界各国にアピールした。

ダンカイ日本ではすべてが順調に進んだ結果、移住者も増えた。移民も受け入れるとの政策で、高齢者だけでなく、外国人も急増した。ただ、いずれ元々の住民と、さまざまな軋轢が生まれてくることが予想された。国内の治安が乱れることは国の存続に関わるので、輝久は、今のうちからしっかり対策するよう、法務治安大臣に指示していた。

団塊パラダイスの各施設は順調に増えていった。高齢者向けの施設だけでなく、ファミリー層が楽しめるレジャー施設やアウトレットショッピングモールも増えて、全世代が楽しめる施設になっていった。

日本は、外国人観光客を誘致するインバウンド政策が功を奏し、ここ十年来、外国人観光客が落とすお金は莫大な金額となり、大きな収入源になっていた。

ダンカイ日本でも、主産業である温泉にからくり忍者温泉など外国人が好む企画をどんどん増やして、外国人観光客を呼び込んでいた。

今回、政府は浅間山温泉町が日本からの独立宣言をしたことで、外国人にダンカイ日本を危険地域と指定、同町に入らないように忠告したが、海外からの観光客は政府に反発した。

「ここは同じ日本じゃないのか、それとも外国なのか」

「パスポートが必要なのか」

彼らやネットの皮肉な突っ込みもあり、政府の説得はまったく効果がなかった。


政府はダンカイ日本の存在そのものを完全に無視することで、建国を認めない姿勢を示していた。ところが輝久は、その隙を突くかのように着々とダンカイ日本の国づくりに励んだため、無視できない大きな存在になってしまった。

政府は浅間山温泉町に対し、地方交付金をはじめ、国からのあらゆる援助をストップして経済的に締めつける対策をとっていたが、まったくと言っていいほど効果はなく、逆に団塊層を中心とした富裕層が、ダンカイ日本を支援する姿勢を示して多額の寄付を行ったことで、日本よりも裕福になった。

そのダンカイ日本では、年金や医療、各種補助金の支給も始めた上、仕事も高齢者向け介護の求人が増え、日本でその仕事に就いていた若年層が転入するようになった。また、豪華な高級マンションも完成し、富裕層の転居が激増したため、他の富裕層が抜けた自治体では税収が減り出し、各自治体から国に対して強烈な不満が噴出した。

浅間山温泉町は、日本で唯一治外法権の地域となっており、政府としてこの違法状態を放置することは許されなかった。

このような日本の重大な危機に、今までとは違って即座に有効な対策を打とうとせず、黒岩の進言にも耳を貸そうとしなかった征志に対して違和感を覚えた黒岩は、裏からの工作でダンカイ日本を崩そうと考えた。

黒岩はまず初めに、隣接する佐久平市の出身で天寿教二代目教祖の森安寿が、半年前に同市に総本部を移転したことに目をつけた。

佐久平市と浅間山温泉町とは隣り合わせに位置しており、安寿が元有名俳優で、当時は後援会長の輝久と良好な関係にあったことを利用できると踏んでいた。

天寿教の幹部を取り込み、若い信者を総本部のある佐久平市に移住させた。特に若い世代をターゲットに強引なやり方で天寿教の信者を増やしつつ、市民の親戚や知人にも信者を広げようと画策した。

さらに、浅間山温泉町に残る介護施設の入居者家族に「天寿を全うすること」とは無駄な延命処置を行わず、本人の尊厳を重視する尊厳死、一定の年齢になったら自裁することを自ら選ぶ自選死の思想を植え付けようと、陰で動いていた。

ただ、安寿は政府の目的をまったく知らされておらず、一心に信念を貫き布教に努める純粋一途な教祖だった。

黒岩は、佐久平市にある大鷹スカイホスピタルグループの提携先の病院にも、旅立ち龍宮城を設置するよう、大鷹舞子に手を回していた。

征志は、ダンカイ日本という厄介な問題を抱えてしまったが、それ以前に、自らの政策を進める中心になっている右腕とも言うべき官房長官の黒岩に対する不信感という、大きな悩みを抱えていた。

黒岩は政策遂行の中で結果を出し、政権奪取の影の立役者で官房長官になったが、心の中では、いずれ総理の座に就くという真の野望は隠していた。ただ、征志はその野望に気づいていた。

征志は、物事をほとんど自分で行ってしまうタイプだったが、さすがに総理ともなると一人ですべてを行うのは不可能であり、共に推進するメンバーが必要だった。そこで黒岩を登用したのだが、政権の座に就いて三カ月もすると、黒岩の金権体質を彷彿させる噂を耳にするようになった。

側近に調べさせたが、彼の異常なまでの金欲は、幼い頃、貧乏でホームレスとしてテント生活を送ったこともあった苦しい少年時代の経験から発しており、今後、改善される見込みはないと判断した。征志は、信頼できる右腕を確保するために動き出した。

一カ月後、征志は中東三カ国を訪問、その最後の国がアラビアン王国だった。

中東の石油産油国の一つであるアラビアン王国は、国民の石油依存体質からの脱却を目指し、アメリカのニューヨーク未来大大学院で「理想政治学」を教え、政治コンサルタントでもあるスティーブ・エマーソンを国王の王室特別顧問として招聘していた。

スティーブは石油枯渇に備え「石油亡国論」を展開、石油に依存して勤労意欲の低くなった国民に石油枯渇のリスクを訴え、今までの無税国家から納税国家に切り替える必要性を説き、その前提として国民が自主的に就労する労働の仕組み、具体的には国民個々人の能力を把握して、学生時代から能力にあった就業先を決めて指導するというものであった。政府がすべてをフォローしていくというこのシステムが、国王に評価されていた。

彼は、ニューヨーク未来大大学院の教え子で、優秀な卒業生を二名助手として伴っていた。一名は二十八歳で中国籍の女性の楊美玲であり、もう一名は、浅間輝久の孫でもある浅間慶輝だった。征志は、慶輝に自分のサポートを依頼することが目的でこの国を訪問していたのだ。

若き日本の宰相も、ニューヨーク未来大大学院のスティーブの門下生だった。スティーブは日本の状況を把握しており、門下生の征志が苦戦していることも認識していた。今回、わざわざ訪問先に加えたことを大いに喜んだが、征志の要望については歓迎する内容ではなかった。

国王との晩餐会の終了後、征志はスティーブと密談した。

翌日、スティーブは慶輝を呼んで、征志からの申し出をそのまま伝えた。慶輝は、大学院の尊敬する先輩である征志の苦境を考えると受けざるを得ないかと思ったが、スティーブに意見を求めた。しかし、スティーブは、一切意見は述べなかった。

以前、新政権発足時に、征志から慶輝に「一時的に期間限定で日本に来てサポートしてほしい」との依頼があったときは、スティーブが断っていた。今回、征志の悩みの中心に祖父が関係していることもあり、スティーブは判断を慶輝に任せた。

慶輝は、彼の故郷が反政府の拠点になっており、日本が「高齢者対若年・中高年者」「神坂征志VS浅間輝久」の対決構図となっていることに危機感を覚え、なんとか解決したいという気持ちが強かった。

翌日、慶輝は意を決して、日本行きをスティーブに告げた。


日本に戻った征志は、慶輝を首相特別補佐官として、一定期間アラビアン王国から招聘することを今宮に伝えた。

「総理、久しぶりの笑顔ですね」

ただ、黒岩にはまだ伝えておらず、今宮はそこが心配だった。

「官房長官がどう受け止めますか……」

黒岩は征志にとり、政策推進のために必要不可欠な存在であった。彼に不信感を抱かせることのないよう、征志は、慎重な対応を考えていた。

一週間後、スティーブが先の中東訪問の返礼として、国王の親書を持って急遽来日した。

ベトナムやフィリピンを訪問していたが、その帰途に寄ったのだ。

その会談には黒岩も同席したが、そこに慶輝もスティーブの随行員として加わっていた。

「実は、プライベートなお願いがある」

スティーブからの申し出は「家族が病気になり、半年後にはアメリカに一時帰国しなければならない。そこで国王が後任顧問として慶輝を任命したいが、まだ、経験が不足しているので、征志の下でしばらく修業させてほしい」という内容だった。

一瞬戸惑った表情の征志を見た黒岩は、

「総理と同じニューヨーク未来大の優秀な後輩と伺っていますし、スティーブ閣下が希望されるのならよろしいのではないですか。なんと言っても、あの浅間先生のお孫さんでもありますし」

意外にも賛成だと即答した。

征志はスティーブに「取りあえず検討します」とだけ伝えた。もっとも、今回の内容は事前にスティーブと打ち合わせたストーリーだった。

第三章　ダンカイ日本への逃走

ダンカイ日本には、以前の日本に多数存在していた高齢者の介護施設があったが、脱福祉政策でどんどん減らされている日本とは反対にこの国では増えており、高齢者の介護が従来通り行われていた。

老人介護施設ザ・ダンカイ一号館では、介護の様子やイベントの企画など、高齢者が大いに喜ぶ姿をインスタにアップしていた。広報活動の中心は泉谷愛が率いる若いヘルパーたちだった。施設内でカリスマ介護士とも呼ばれる愛は、もう日本には二校（ここもすでに廃校が決まっている）しかなくなってしまった福祉系の大学を卒業、今は幻の名称となった介護福祉士である。

ザ・ダンカイの一～三号館には、八十歳以上で認知症が進むも身体は元気な人が多く、四～七号館は、車椅子利用など身体的介護の必要な人たちが集まっていた。そして八～十号館は、医療の必要な人たちが入居していた。

ザ・ダンカイ以外にも、障がい者向けの施設や引きこもりの人たちをフォローする就労支援センターなどもあり、この国では、平成から令和初期の様相を呈していた。

「本当にここがあってよかったね」

利用者たちは穏やかに過ごしていた。

一方、日本国内では相変わらず「老人狩り」と呼ばれる、ごろつき共による高齢者への嫌がらせが行われていたが、実は政府が意図したことであり、高齢者の自選死を推進する旅立ち龍宮城やそれと同様の自選死対応施設に行かせようとすることを裏の目的としていた。

同時に、ごろつき共は、施設行きを逃れようとする高齢者やその家族を警察に通報する役割も担っていた。しかも、実質的に裏で操っているＮＰＯ健全社会推進隊のＫＳＳが、情報を警察に流して、半強制的に旅立ち龍宮城や自選死対応施設へ行かせる後押しをしていた。

その日、ザ・ダンカイ一号館の事務室で同僚のヘルパーから、外にお客さんがいると告げられた愛は、首を捻った。こんな朝早い時間に、昔の知り合いと言っていたと聞いて不信感を持った。

愛が玄関を出ると、サングラスにマスクと、いかにも怪しい男が立っていた。インフルエンザの時期でもないのにと思いつつ「どちら様ですか」と尋ねた。

サングラスを外し、マスクを取ると、そこには慶輝が立っていた。

「いや、久しぶり」

「あれ……、アラビアン王国にいたんじゃなかったの」

慶輝がニューヨークに旅立って以来の五年ぶりの思いがけない再会に愛の心ははずんだが、一方で戸惑いもあった。

「若女将を目指していると思っていたけど、やっぱり、介護の方に進んでいたんだ」

「まあ……。それよりどうしたんですか、休暇ですか」

「ちょっと事情があって、しばらく日本にいることになったんだ」

幼馴染みの慶輝は、兄たちと同様にいつも一緒に遊び、一緒に成長してきた仲だったが、大人になるにつれ疎遠になっていた。

「何の事情ですか？　あとでお宅に伺います」

「何だかよそよそしいな。昔の感じでいいよ」

「そんなこと言ったって、随分偉くなったし、アタシなんかと」

「何を言ってるんだ。愛は愛のままだろ」

「まあ、そうなんだけど……。でも、何で急に帰国したの」

「ここが、政府に逆らっているって聞いてね」

慶輝の言葉に、愛は顔を強張らせた。

「それ、どういう意味？」

「おじいちゃん、いや、今は大統領か、どうかしちゃったんじゃないかと心配になって」

真意を測りかねる愛だが、笑顔で言った。

「浅間輝久は全然どうかしてないよ。日本って、おじいちゃんおばあちゃんを大切にする福祉の国だったのに、邪魔者扱いする今の日本の方がおかしいよ」

「だけど、国家として経済的に破綻したら、福祉どころじゃなくなるよね」

愛はむっとして言った。

「で、ここへは何しに来たの？　そんな文句を言いに来たんじゃないでしょう」

「介護施設ってどんなところか知りたくてね。まず、現実を知らないとね」

ガラス窓から二人を見ていた介護リーダーが、若い男性ヘルパーに話しかける。

「あれ、あの人浅間さんとこの慶輝さんじゃない？　外国にいたはずだけど」

「もしかして愛ちゃんに会いに来たのかな。やばいな、ライバルがまた増えたぞ」


その日の午後、近隣の中学生が教師に引率されて施設を見学に来た。施設内でヘルパーと共に入居者と雑談したり、一緒に歌を歌ったりした。ヘルパーに混じって高校生が入居者のお世話をしているのを見た慶輝が、怪訝そうな顔で愛に質問した。

「学生を、しかも高校生でしょう？　いくらヘルパーが足りないからって、労働をさせているの」

「中学生は老人の生の姿を見学に来ているし、高校生は授業の一環でヘルパーの補助をやっているだけで労働じゃないよ。昔と違って、人間が老いたらこうなるっていう姿を見たことない子どもたちが多くなったし、自分の将来の姿を実体験してもらうことが目的なの」

「何のために？」

「それがわからないの？　……だから平気で政府の政策を支持できるんだ」

憮然とする愛に、首を傾げる慶輝だった。

慶輝は密かに車で、浅間山温泉町内を巡っていた。愛から慶輝が来ていると聞いた泉谷観光相が、町長室をリフォームした大統領執務室に飛び込んできた。

その後、大統領執務室には各省の大臣をはじめ、ダンカイ日本の主だった幹部が続々と集まってきた。輝久は無言だった。

浅間山温泉町は独立宣言を行って国となっていたが、同時に慶輝の故郷でもあった。彼が征志の大学院の後輩で、親密な関係であることは誰もが知っていたため、室内には微妙な雰囲気が漂い、全員無言だった。

その日の夕方、大統領となった輝久と慶輝が対面したが、敵対勢力に加わった慶輝に対して、同席した幹部たちは戸惑いと、訪問の目的に疑念を抱いていた。特に団塊パラダイス社長の益上は、困惑しながらも厳しく非難した。

「なぜ、身内に敵対するのか。本来なら味方として力になってくれるのが孫ではないか」

と責めたが、輝久は、

「お前の信念通りにやりなさい。自分の目で故郷の実態を見て、今後に活かしなさい」

と伝えた。

慶輝は、温泉組合の女将会や青年部のメンバーとも面会していた。女将会会長の律やほとんどの女将は、慶輝が生まれたときから知っており「いやー、ホントに立派になって」「総理大臣の後輩なんてすごい」とまぶしそうに見ているだけで、何か言いそうな律でさえ笑顔で「よく帰ってきたね」と喜んでいた。

温泉組合青年部部長で幼なじみの圭吾は、慶輝より一歳年上だったが、子ども時代、泉谷三兄妹と慶輝の四人で行動を共にしているとき、リーダーはいつも慶輝だった。「こっちに戻って来るんだろう。早く一緒にやろうぜ」と、政府側からここに戻ってくると信じていた。慶輝は「みんな元気そうで何よりだ」と、本音は隠したままだった。

他にも町の多くの老若男女と話した慶輝は、日本国内では、若い世代や中高年の現役世代から最大のガンと拒否された福祉国家が、ここには残っていたことが感慨深かった。その一方で、日本が財政破綻に直面しているという危機感が、ここではまるで感じられなかった。

第四章　旅立ち龍宮城&天寿教

そんなある日、愛の高校の同級生で埼玉県大宮に引越して、現在は医大に通っている親友の青山瑞季から緊急の連絡が入った。

開業医をしていた八十歳の祖父青山佑が、突然医院を閉じたという。そして祖父は、近所の高齢者の友人たちと一緒に、先輩の輝久が頑張っているダンカイ日本の病院で働きたいと故郷へ向かったが、行方不明になってしまったとのことだった。

その一週間後に、本人から「旅立ち龍宮城の嘱託医として、旅立ち人に寄り添うことにした、友人たちも同行する」との一方的な連絡が入った。恐らく祖父は、政府の息のかかったKSSに拉致され、旅立ち龍宮城に連れていかれたのではないか、どうしたらいいか、との相談であった。

愛は、ダンカイ日本の国家安全大臣の矢吹に相談した。同省内の「特殊工作対応室」には、室長の補佐として現場を切り盛りする、愛の兄信吾もいた。矢吹は信吾に、青山佑行方不明事件に対して、最優先で対応するように指示し、信吾は動き出した。

輝久は、毎日各大臣や幹部を集めて報告を聞いて今後の対策を協議していたが、矢吹から看過できない報告があった。政府の圧力が強まる中、ダンカイ日本を目指して全国から命がけで逃げてくる高齢者やその家族たちが、国境だけでなくダンカイ日本内でも、何者かに襲われて拉致され、旅立ち龍宮城などの自選死対応施設に送致されていることが確認されたとの報告だった。

輝久は激怒し、これを防ぐために国境の周囲に高い塀を建設して、国家安全省に国境防衛隊を組織、国内外からメンバーを募って守備に当たらせるとともに、ＫＳＳの魔の手から逃れてくる高齢者たちを保護するよう指示した。

すでに国内に潜入しているＫＳＳの工作員たちを探し出すために、特殊工作対策室には確実に情報をつかむよう徹底した。

輝久の一連の対応で、日本とダンカイ日本の対立はさらに深まった。ただ、愛からの依頼である瑞季の祖父に関する情報は、まったくつかめなかった。

東京に戻った慶輝はすぐに征志に会いには行かず、都内や周辺地域を見て回ったが、予想外の光景に驚いた。ダンカイ日本のような活気がなく、人々は暗い表情でみんな下を向いていた。

慶輝はこっそり、旅立ち龍宮城のある大鷹スカイホスピタルを見学した。旅立ち龍宮城の建物は、病院の別棟として建設されており、おとぎ話に出てくる宮殿のような造りで、そこの女性スタッフも乙姫様を連想させる衣装だった。

受付で一般の客を装い、旅立ち龍宮城の説明を聞き、施設を見学させてもらった。入居者に話を聞くと、全員が自選死できることに安心し、喜んでいた。偶然すれ違ったオーナーの大鷹舞子は、慶輝には気づかないふりをして通り過ぎたが、秘書に、後で慶輝を内密に理事長室に案内するよう伝えた。

慶輝がトイレに入ると、壁際に立って泣いている高齢者がいた。

声をかけようとすると、胸の名札に青山佑と書かれた白衣の男が慌てて入ってきた。

「高見さん、また、ここでしたか……」

「せんせい……」

優しく頷いた青山は、高齢者を抱くように両手で包み込んだ。

「ここがあなたの家なんですよ。もう、あの家はないんです」

「（つぶやくように）帰る……」

青山は辛そうに首を振った。

廊下に出た慶輝に、舞子の秘書が近づき声をかけた。

案内された理事長室は意外にも質素だった。中古の応接セットとデスク、椅子とパソコンがあり、他には大きな本棚がある程度だった。

「理事長と言っても、元は生命保険の営業で、その後は銀座のクラブのママだったのよ」

舞子の言葉に、硬い表情の慶輝は一瞬顔を上げた。

「だから、医療については素人っていうわけ」

「……」

「週刊誌では銀座のクラブのママが、大鷹スカイホスピタルグループ理事長を誘惑して後妻になった。三年前に夫が亡くなって理事長になったときも、初めから理事長の座を狙っていて、一服盛ったんじゃないかって騒がれたのよ」

「主要都市に二十カ所を所有、系列や提携を含めると、かなりの数の病院を経営されていると聞きましたが」

「まあ、結果としてはそうですが」

「そこに旅立ち龍宮城を建てたのはなぜですか？」

「後援者に前進党の議員がいたから……なんていう答えでよろしいでしょうかね。もっとも、今はウチと同じ自選死対応施設が雨後の筍のようにできていますね。まあ、政府のお墨付きですし、補助金がたっぷり出ますから」

慶輝は苦笑しながら、壁に掲げられた天寿教の本部や森安寿の写真に眼をとめた。

「天寿教もご案内しましょうか、浅間さん」

「私のことは、すべてお見通しのようですね」

笑顔を返した舞子は、慶輝を自分が運転する車で天寿教まで送ってくれた。


都内の天寿教の寺院を訪れた慶輝と舞子は、教祖の安寿と対面した。

俳優時代の後援者は医療品・健康食品製造販売を展開する叶コーポレーションオーナーの叶忠史だったが、俗にいう男女の関係はなく、純粋な安寿の人柄に惚れてＣＭに起用していた。二年前に亡くなり、現在は息子の聡史が継いでおり、安寿が天寿教に入信した頃から距離を置くようになっていた。

天寿教は十年前に初代教祖が廃寺を改装して始めた宗教だったが、今では信者が一万人を超えていた。

二人の前で、安寿は浮世離れしたオーラを放っていた。

「生きるってことは、ただ呼吸をして生命体として存在していればいいわけじゃないのです。その人の尊厳、生き甲斐、何より人としての営みが必要で、大切なのは『本人が生きたい』と思っていることなのです」

また、死については、

「最後は誰かに見守られ、安らかに苦しまずに逝くことが幸福な死であり、自選死される皆様には、私共は必ず寄り添ってまいります」

これに同席した舞子も頷いた。

「私たちは人間の尊厳を大切にと言っているだけですのに、高齢者を邪魔者として死んでもらうために活動していると、批判する方々も大勢いますの」

「自選死される方の中には、明らかに自分で判断できない人が入っているという噂も聞きますが」

慶輝の発言に顔を緩めた舞子が言った。

「政府の本音としては、とにかく高齢者が減れば、どちらでもいいんじゃないんでしょうかね」

まさかという表情の慶輝に、舞子が続けた。

「推進しているのは官房長官ですけど、実際には、総理の政策を実行しているだけですからね」

慶輝は無言で立ち上がった。

慶輝が去った後、舞子はスマホを取り出し、黒岩に電話した。

「今、お帰りになりましたよ。そちらに向かうと思います」

慶輝が官邸を訪れると、征志はやっと来たかと喜んだが、同席した黒岩は冷たい視線を向けるだけだった。

「自分の目で見てみたいと思いまして、総理にわがままを言ってしまいました」

黒岩に謝罪したが、黒岩は無反応だった。

征志から、慶輝を首相特別補佐官に任命し、ダンカイ日本への対応を決める会議のメンバーに加えると伝えられたが、黒岩は頷いただけだった。

第五章　反撃開始

高齢者やその家族が、ダンカイ日本を目指して全国から集まってくる映像が、連日テレビやネットで流された。政府や周辺の自治体は、検問所を設けて違法な国への入国を阻止しようとした。

今や国境となった長野・群馬の県境の碓氷峠付近で、高齢者が何者かに拉致される事件が続々発生していた。明らかにダンカイ日本の領土内に侵入し、高齢者を「高齢者一時待機所」と称する廃校に強制収容したり、政府が後押しする旅立ち龍宮城や自選死対応施設に送り込んでいたことが、内部告発やマスコミの取材で公になった。その主体がＫＳＳという怪しいＮＰＯの仕業であることも、週刊誌やネットに載った。

輝久はこの報道に怒り心頭で、国家安全省の矢吹に、国境の門を閉じて警備を強化、高齢者が領土内で拉致されないよう、改めて指示した。

これに対して日本政府は強く抗議したが、輝久は一切無視した。浅間山温泉町の警察は輝久の息がかかっており、政府は警視庁から機動隊を派遣して、群馬県側から警察の介入を試みようとしたが、碓氷峠で事故と称して道路を封鎖され、失敗に終わった。

翌日には、政府側の拉致した高齢者を自選死対応施設へ送り届ける送迎車（事実上の護送車）が渋滞のさなか、何者かに襲われて行方不明になり、高齢者だけでなく、同乗していた青山ら医師やスタッフも行方不明になったと報告が入った。

早速調査したが、襲った車がダンカイ日本内に逃げ込んだことをつかみ、輝久に強く抗議したが、事実無根と撥ねつけられた。


このような反政府の動きは、ダンカイ日本に留まらず、全国に拡散された。主に、ダンカイ日本から距離的に遠い北海道、中国四国、九州沖縄を中心に「団塊北海道」「団塊鹿児島」などの地域政党が結党され、高齢者やそれを支持する一部の若年層が加わった。

また、隣接する県では、一部の知事がダンカイ日本の支持を正式に表明、輝久と連携を取る姿勢を見せた。征志は急遽特使として、黒岩を該当の県に派遣した。

これに乗じる形で、国家安泰党の望月環が輝久を極秘訪問したという情報がもたらされた。環は、輝久を党から追い出した宿敵である星前首相からバックアップを受けていた。星に連携を前提とする訪問を直訴、星は乗り気ではなかったが、渋々ながら了承していた。

この訪問において輝久は「今は、私情を捨てて連携する」と環に伝えていた。

征志は黒岩ら幹部を集め、両者の連携が他の地域に拡大しないように対策を協議した。当然、慶輝も会議に加わった。

慶輝は征志に「輝久と話をさせてほしい」と懇願したが、なぜか黒岩は反対意見を述べた。「もう少し様子を見て、浅間特別補佐官には、ここ一番という段階で交渉に行っていただいた方がよいのではないでしょうか」

実は、黒岩は裏工作を考えていたのだ。彼は前進党副代表で官房長官を務めているが、子供時代に実業家の父が知人に騙されて破産、借金取りから逃げ回って住む家もなかったという極貧の経験があり、いつかはトップになって見返してやるという野望を、密かに抱いていた。

黒岩は征志に対し「現実を知らないお坊ちゃんが理想論を語っている」と軽視していた。政権を取ってからは征志を利用し、財政破綻した日本がやるべきことだが国民の反発が予想されることは征志にやらせ、いずれ総理の後釜につこうと目論み、各界にブレーンを広げていた。

そんな中、国家安泰党の望月総裁が、正式にダンカイ日本と連携したことを発表し、調印式がテレビで放映された。

日本国内の情勢も、高齢者を中心に反対勢力が勢いを伸ばした上、中年層が自分たちも政府の補助を受けられないことを認識し始めて危機感を持つ人が増大、反対勢力につくようになった。その結果、政権支持率は一時の六十％超が急降下し、今では四十％を切っていた。

こうした状況下での両党の連携報道に、さすがに黒岩は焦りの色を濃くした。

「一時的な反動の結果であり、日本の財政状況を考えれば、すぐに下火になります」

征志は楽観論を黒岩に告げた。

黒岩は政府の主だったメンバーや関係者を集めて、輝久のダンカイ日本への対抗策を協議する緊急会議を開催するよう、征志に進言したが、征志はなかなか動かなかった。

痺れを切らせた黒岩が、主な閣僚や官庁の幹部を招集した方がいいと再度提案した。

「総理、建国宣言はもちろんですが、国家安泰党との連携は、とても放置できませんよ」

この黒岩の発言に、秘書兼特別補佐官の今宮が応じた。

「総理には、すでに対抗するプランがおありのようです」

この対抗プランは、慶輝にも知らされていなかった。

「対抗プラン？」

黒岩は眉をひそめた。

「総理は、この程度のことは事前に想定されていたということです」

不服そうな黒岩に、笑顔で征志が反応した。

「まあ、そこまでおっしゃるなら招集してください。政府としても、きちんと対応するという姿勢を国民に示しておくことも重要です」

「では、私の方で招集するようにします」

今宮が席を立った。


翌日の午前に開かれた緊急会議では、各閣僚からダンカイ日本や輝久への非難、政府の対応の鈍さに不満が続出した。

「浅間は大いにつけあがっている。たかが町の分際で国とは聞いてあきれる」

「総理になれなかったから、大統領になったんだよ。ただし（笑って）町のね」

「こんなことを許したら、他の地域に広がってしまう」

防衛大臣はかなりの強硬論を述べた。

「自衛隊を使って制圧しましょう。これは、一種の反乱です」

だが、肝心の征志は、まるで他人事のように聞いているだけだった。

同席していた慶輝は、征志の対抗プランを聞きたかったが、出席者の議論のレベルのひどさに征志が冷めてしまい、発言をやめてしまったことに気づいていた。

征志は終始無言だった。

「まったく危機感がない」

「こんなところにいたら、時間の無駄だ」

あきれて早々に席を立つ出席者が続出、結局、何も決まらずに散会した。

その日の午後、黒岩はＫＳＳの菅野公作を呼び出した。元自衛隊でレンジャー部隊を指揮し、諜報活動も行っていたがパワハラで失脚、黒岩に拾われていた。今は黒岩の裏の右腕として諜報活動や裏工作などを担当していた。

「総理は、あまりにも楽観視し過ぎている」

不機嫌そうに電子タバコを吸い込む黒岩の前に立つ菅野は、スーツ姿が馴染んでおり、どう見ても裏工作をしている人間には見えなかった。

「まさか、このまま抗議だけして、様子を見るというわけではないと思いますが」

「こちらが正しい、そして、正義は必ず勝つという理屈らしい。だが、所詮は世間知らずの理屈坊やだから、本当の危機にはお手上げってところだな」

「しかし、あのカミソリみたいな頭の中には、何か秘策があるんじゃないですか？」

「フン、あったとしても、もう関係ない。こちらは勝手に手を打っていく」

「当然です」

頷いた黒岩は、菅野に細かく指示を与えた。


この日の夜、征志の私邸に今宮と慶輝が呼ばれていた。征志はほとんどアルコールを嗜まないが、この日は珍しく高級ワインとつまみが用意されていた。

「浅間君は、ダンカイ日本をどう思う？」

征志からの直球の質問に慶輝が戸惑っていると、今宮が助け舟を出した。

「私は早めに手を打った方がいいと思います」

「その理由は？」

「他の地域に広がる可能性が高く、危険です。これ以上大きくなると抑えきれなくなります」

慶輝も今宮の意見に「同感です」と答えた。

「すでに近隣の県だけでなく、北海道や九州など遠方からも同調の声が上がっていますし、海外でも、一部の国で大使館を設置する検討に入ったという情報も耳にしています」

慶輝や今宮の答えに、不満そうな征志がグラスを置いた。

「私が聞きたいのは、ダンカイ日本が五年後、十年後はどうなると思っているかだ」

「それは……」

考え込む今宮を尻目に、征志が続ける。

「このまま他の地域から高齢者や不満を抱く者が流入していけば、急激にいろいろな考えの人間が混在して、国として一つにまとまることが相当難しくなる」

「確かに……」

「こちらとしては、高齢者や我々に反対する者が、あそこに集結してくれた方が対応はしやすくなる」

「反対勢力を一カ所に集めて、一網打尽ですか……、その方が効率的だということですね。いかにも総理らしい」と慶輝は苦笑する。

つまみを口にして一息ついた今宮が、グラスを一気に飲み干す。

「さすが総理、と言いたいところですが、怖いですねえ……」

「それより、もっと大事なことがある」

慶輝も今宮も征志を見る。

「時間が経てば、団塊世代はこの世からいなくなる。ダンカイ日本は、団塊世代がいて成り立っている。団塊ジュニア以降の世代には、あの超人的なパワーはない」

「十年後には、今の中心になっている人たちのほとんどがいなくなって、ダンカイ日本も大きく変わるということですね」

慶輝は輝久の顔を思い浮かべた。

一方、ダンカイ日本では、輝久が防衛体制を強化していた。

中心となる国家安全省では、矢吹が警察署を正式に廃止し、以前の浅間セーフティネットを中心に国の内外から志願者を募り、国境防衛隊を組織していた。

また、同省内に日本からのさまざまな攻撃、特に情報操作やスパイを送り込んで内部からの切り崩し工作を防ぐ特殊工作対応室を設置していたが、輝久はそこにより多くの専門家を集めるよう、指示した。

情報系のプロでＳＥの寺町室長の補佐兼リーダーの信吾も、日本からの情報操作などの裏工作に神経をとがらせていた。

ところが、ダンカイ日本の内情は、菅野が密かに国家安全省に送り込んだスパイから、政府に筒抜けになっていた。

【第三部】　ダンカイ日本の危機

第一章　団塊パラダイスの不祥事

団塊パラダイスは順調だった。高齢者向けの保養施設やレジャー施設だけでなく、ファミリーとして楽しめる施設やアウトレットショッピングモールも増えて、全国からかなり利用客を集めていたが、それに加えてファミリー向けのマンションも販売するようになり、売行きは好調だった。その結果、団塊パラダイスは高収益を上げていた。

益上は当初上機嫌だったが、輝久から国を維持するための税金として、七十%を徴収すると言われ、さすがに顔色を変えた。

根っからカジノ好きの益上は、膨大な利益を見込めるカジノ場の設置を輝久に認められなかった不満も溜まっていた。

「事業を維持するだけでなく、拡大するためにかなりの経費がかかります。七十％は高すぎます。せめて、半分に」

「バカモノ！　何のためにやっているのかよく考えろ！」

益上は輝久に一喝された上、殴られた。

輝久も、建国したとはいえ、ダンカイ日本が軌道に乗っているとは言えない状態で、日々さまざまな問題が発生しており、かなりイライラしていた。カッとなって殴ろうとする輝久を、益上の女性秘書が必死に止めたが間に合わなかった。

益上は殴られた頬を押さえ、顔を真っ赤にして出て行ったが、この女性秘書の正体は、菅野の送り込んだスパイで元自衛隊の工作員、桜木アズサだった。益上が女性好きとの情報を得て、益上の好みのタイプにあったアズサを選び、団塊パラダイスのお客として家族連れ（実は家族全員工作員）で訪れた際に、故意にトラブルを発生させて、それを見事に解決したアズサを益上が気に入り、その場で秘書にと声をかけていたのだ。前任の秘書は、益上からセクハラを受けて抵抗したため、一週間前にクビになっていたという情報をつかんだ上での裏工作だった。

益上は車に乗る際、輝久のいる大統領官邸を見た。

「あの野郎、絶対許さん！」


菅野は工作員のアズサから、益上のさまざまな情報を収集した中で、彼が金の亡者で、常にマウントを取りたがるという性格を利用しようとした。

彼は根っからのカジノ好き、というよりはカジノ依存症で、月に一回は変装して東京の高級カジノ店に通っていた。

今回、アズサから「カジノを見てみたい」とせがまれ、すでに男女の関係になっていた益上が出張と称して同行させていた。

菅野は部下の岬を高級カジノ店のバーテンダーとして潜入させていた。

益上はその店で勝ち続けた。

「すごい、また勝った。天才ね」

アズサにおだてられ、益上は調子に乗って賭け金を上げていったが、一千万円になった勝負で負けてしまった。一度負け出すとそれを取り戻そうと賭け続けたが、結果は多額の負けを背負っただけだった。

バーのカウンターでアズサとひと息を入れたときは、さすがに冷静さを取り戻した。

「もう負けが五千万になった。これ以上は団塊パラダイスの経費でも誤魔化せない」

やめようとする益上にアズサが突っかかる。

「もうやめちゃうの、詰まんない。俺は負けたことがないって威張っていたじゃない」

「うるさい！」と酒を飲みほす益上を横目にアズサが言う。

「団塊パラダイスの経費って……、そうか、結局大統領が怖いんだ。俺にはトップしか似合わないなんて言っていたけど、所詮は口先男だったんだ」

「何だと！　このアマ、言わせてお……（酔って口がもつれる）」

「あなたには、トップになろうという気はないんだ。とんだ意気地なしだったね」

キレた益上が、アズサを突き飛ばす。

さらに床に倒れたアズサに馬乗りになり、殴打していると誰かに止められた。

止めたのはバーテンダーに扮した岬だった。我に返った益上が血だらけのアズサを見て、顔面蒼白になった。岬が従業員に扮した部下に指示してアズサを連れ去っていく。

恐れおののき、震え出す益上に、

「大丈夫ですよ。何もなかったんですよ」

優しく言葉をかける岬だったが、すべては芝居だった。

菅野は、ダンカイ日本内にアジトを設け、岬らにいろいろな裏工作の活動をさせていた。山奥にある古いレストランを買収し、輝久暗殺の計画にとりかかっていた。

また、天寿教の幹部を取り込み、総本部に若い工作員を信者と称して移住させ、強引なやり方で信者を増やして情報収集していた。安寿はそれらのことをまったく知らされておらず、唯一人蚊帳の外で純粋に布教に励んでいた。

翌週、益上は岬にアズサの様子を聞き「とりあえず、都内の病院に入院させました。容体は心配ありません」との報告にホッとした。

「ただ、彼女の家族が心配していますので会っていただき、この件についての口止めをしておいた方がいいと思います」

岬からのアドバイスを、益上は渋々ながら承諾した。

ところが、病院に行ってみるとアズサは集中治療室に寝かされており、鼻からチューブを入れられて重篤の様子だった。

「意識不明で、回復するかどうかはわからない」との医師の説明に益上は驚愕した。

同行していた岬が室外に出るよう益上を促し病室を出ると、一人の中年の男が立っていた。

「父親です」

岬が紹介した途端、父親が益上につかみかかった。

岬になだめられて手を放した父親も実は工作員で、自分は新聞社の記者だと名乗った。

「とにかく記事にするからな」

益上に迫るが、

「別室で話しましょう」と岬が二人を案内した。

そこにはなんと菅野がいた。父親は入室せず三人になった。

警戒する益上が疑念の目で見る。

「あなたは確か黒岩さんの」

「私設秘書みたいなものですが、あくまで直接の関係はありません」

「じゃあ、何でここにいる?」

「あなたに直接確認したいことがありまして」

「……」

「これからも浅間さんの下で、ずっとやっていくおつもりですか」

「当然」と言いながらも、声は小さかった。

「あなたのことはよく存じ上げませんが、かなりのやり手で団塊パラダイスを成功させ、ダンカイ日本を支えていらっしゃるようですね」

「フン、……」

「あなたは人の下にいる人間じゃないと思いますが……」

黙り込む益上に菅野が畳みかける。

「個人の感想ですが、あなたの方がダンカイ日本の大統領には相応しいんじゃないですか」

「……」

「まあ、よくお考えください」

その後も益上には団塊パラダイスの運営に対する輝久からの細かい指示が続いたが、実は裏で菅野がいろいろ工作したことで、問題が発生していたのだ。

益上は毎日のように輝久から怒鳴られ、輝久への不満が蓄積、アルコールを呷る日が続いたが、その度に菅野の言葉を思い出していた。そして、輝久に対して反論するようになり、二人は完全に対立関係に陥った。

周囲の幹部が仲裁に入るが、益上は以前のように引くことはなかった。

益上は輝久に代わって、自らこの国の大統領になることを決意、菅野に伝えた。黒岩との詳細な打ち合わせを行った菅野は、輝久暗殺の具体的な準備に入った。岬らが細工をした建物に輝久を誘い込み、事故を装って輝久を亡き者にしようとする計画だった。

ただし益上には、富永が新たに設置した温泉地熱発電所が国内の電力を賄うだけでなく、国外にも電力を販売してかなりの利益を得ているが、それを誤魔化す不正行為をしており、彼の秘密アジトを見つけて不正の証拠をつかんだと輝久に報告、輝久らにそれを発見させることで、輝久が富永を副大統領に任命した責任を追及して辞任に追い込むストーリーだと説明し、真実は隠されていた。

一方、国家安全省のメンバーたちも、日本からの工作員らしき人物の不穏な動きをつかんでいた。矢吹からその報告を受けた輝久は、激怒した。

「ワシのこの大事な国を」

怒り心頭の輝久は、情報工作対応室のメンバーに徹底調査を指示した。

ところが、同室のつかんだ情報は、富永の温泉地熱発電所に関わる不正が疑われる情報だったが、それは工作員が細工したものだった。ちょうど富永は不在で、輝久と同席していたのは矢吹と益上だった。

「まさか、茂太に限ってありえない」

輝久は即座に否定したが、

「息子さんが絡んでいるかもしれません。とにかく早急に調査した方がいいと思います」

との益上の言葉に頷いた。


その翌週、輝久に益上から緊急の連絡が入った。内容は、益上の部下が偶然富永のアジトらしきものを発見、不正の証拠らしい書類が多数存在するというものだった。

輝久は、すぐに益上とその場所に駆けつけた。そこは山の斜面に建てられ、今は廃業になっている古いレストランで、奥には古びた倉庫代わりの小屋が崖っぷちに建てられていた。その近くで、益上の部下らしい男が見張っていた。

見張りの男から状況を聞いた益上が輝久に伝えた。

「あの小屋がアジトらしいので、矢吹さんたちが到着したら踏み込みましょう」

すでに怒りで顔を真っ赤にしている輝久は、すぐに入ろうとした。あわてて止める益上の視界に、矢吹や信吾たちが車で駆けつけてくるのが見えた。

「皆さんが到着しました」

ところが輝久は、彼らを待たずに小屋に入ろうとして、益上に止められた。

「建物は古いですし危険ですから、中に入らない方がいいと思います」

「ワシがこの目で見て確かめる。富永はどうせ無実に決まっているだろう」

輝久はどんどん中に入っていく。

「相変わらず、せっかちだな。みんなで証拠を確認しないとダメだろうに」

続こうとする益上に、車から降りた信吾たちが加わり、慌てて続こうとする。

「待て！　床がグラグラしている」

中から輝久のストップの声がかかる。

「私が代わりますから、すぐに出てください」

信吾が叫ぶ。

「何だこの穴は！」

輝久の声がした途端、建物が音を立てて崩れ落ちた。

信吾らの悲鳴が響く中、矢吹が立ちすくむ。

その隣で益上も、まったくの予想外の展開に固まっていた。

「不正の証拠データを発見させるだけだったはずなのに……」

第二章　輝久の訃報

「浅間輝久が事故で急死！」の情報がネットに載ったが、すぐに「病院に担ぎ込まれたが生死は不明」と訂正された。

この一報は、早々に政府にも入った。

政府の主要メンバーを集めた会議中だったが、出席していたメンバーたちはどよめいた。

征志は、慶輝に急いで駆けつけるように言うが、黒岩がストップをかけた。

「今は日本の一大事、身内のことは二の次にすべきだ」

輝久が事故に遭遇し、意識不明で病院に運び込まれたとの一報に、ダンカイ日本は騒然となった。同時に、国中が不安という空気に包まれた。

早々に、ダンカイ日本では幹部たちが集合し、今後、輝久の職務代行を誰がするかを話し合った。副大統領の富永は不正疑惑の件で自ら謹慎を申し出ており、矢吹は捜査に専念したいと辞退、観光相の泉谷も「大統領なんて無理無理」と固辞した。

誰も名乗りを上げない中、輝久の右腕と自負していた益上が手を挙げた。

「大統領の意志を継続させるためにも、力不足ですが、私がやらせていただきます」

当面の間、益上が臨時の大統領代行になった。

今まで、輝久が引っ張ってここまでこられたことを国民は十分認識しており、輝久あってのダンカイ日本だったが、輝久が不在となったことで扇の要がなくなり、皆が不安になった。また、国内の治安状況も、法務治安大臣の富永直仁が兄と一緒に謹慎しており、悪化の一途を辿っていた。

さらに、国民から今まで我慢していた不満が噴出、自分たちのわがままを主張し始めた。益上にはそれを抑えて、皆をまとめていく能力はなかった。

その上、従来からの住民と新たな入国者や外国人同士の対立が激しくなり、良好だった人間関係に軋轢が生じるようになった。ダンカイ日本は、国中が不穏な空気に包まれた。そこにつけ込むかのように、信者による天寿教への勧誘が積極的に行われた。また、KSSが送り込んだ国民を装った工作員たちは、事件を故意に多発させ、国内は騒然となった。なんとか益上が中心となり、矢吹をはじめ、泉谷や各大臣も一丸となって国内の安定を図ろうとしたが、有効な手は打てなかった。その後も輝久の昏睡状態が続いたことで、国内はますます荒れた。

この混乱の中、益上は菅野から黒岩の極秘の指示を伝えられた。

益上は菅野に、

「あの事故が仕組まれたものじゃないのか。自分も一緒に中に入っていたらとんでもないことになっていた」と詰め寄るが、

「あくまで偶発的な事故です」と、とぼけられた。

菅野は「終わり良ければ、すべて良しですよ」と、笑みを浮かべながら、益上の肩に手を置いた。

翌週、益上は幹部らに訴えた。

「臨時の大統領代行では有効な手が打てないし、国民も私の指示を受け入れない。正式に大統領にならないと責任が持てない」

益上の主張を受け、国会議員による選挙を行い正式に大統領を選出することになり、選挙の結果、益上が二代目の大統領になった。

新大統領になった益上は、就任直後の会見で、国民を驚天させる発表を行った。

「わがダンカイ日本は、日本政府との和解を前提に話し合いに入る」

その後、不正疑惑で謹慎していた富永兄弟が益上の指示で謹慎を解かれて復帰、彼らも加わった閣議では、泉谷や矢吹ら幹部たちから「和解なんて、とんでもない」と大反対されたが、益上は明言した。

「日本に戻りたいという住民運動が盛んになっていることをご存じでしょうか？」

ネット上には「日本に戻りたい」という声が多数寄せられているとの情報を示したが、それも工作員たちが、住民を装って仕組んだものだった。

「国民の声に応えるのが大統領の使命です」

益上は、平然とうそぶいた。

ダンカイ日本は混乱に拍車がかかり、国内は大きく分裂してしまった。国民はもちろん、温泉組合や旅館・ホテルでも対立する事態が起きてしまい、国内は異様な雰囲気に包まれていた。

全国から集まった団塊世代やその家族、匠の面々、国内で就労する外国人も、ダンカイ日本の百八十度の方向転換に戸惑うと共に、今後に不安を抱いて不穏な行動をとるようになった。それに乗じて、工作員が大統領官邸に火をつけるなどして暴動に導いていった。団塊パラダイスの施設やアウトレットショッピングモールの従業員、高齢者マンションの住人も、今後についての判断に迷っていた。

介護施設ザ・ダンカイでも、施設内が今回の件で不安なムードになり、体調不良を訴える入居者が急増し、入居者の家族も不安から施設に筋違いのクレームを訴える人々が増えていた。その上、職員たちまで二手に分かれて対立する始末で、険悪な雰囲気になったことに、総合施設長の彩音や愛たちは愕然としていた。

また、連携を表明していた国家安泰党の望月総裁から抗議があったが、益上は「前任者の独断で勝手に決めたことであり、国民たちの民意ではなかった。それを現職の大統領が是正するだけである」とまったく受け入れなかった。

環の報告に対して星は「今は行動せず、今後の推移を見ればいい」と、冷ややかだった。

元々、この提携案は環から出たものであり、星としては輝久との過去の遺恨もあって、前向きではなかった。単に党として、政府に対抗するための一つの手段に過ぎなかった。


益上は正式に東京を訪れ、征志や黒岩と会談を持った。

慶輝も首相特別補佐官として同席したが、益上は、弟で益上グループのナンバー2の満雄を伴っており、彼を大統領特別補佐官に任命したことを伝えた。

益上は終始上機嫌だった。

「久しぶりの東京、やっぱりいいですね」

「ダンカイ日本ほどではありませんよ」

黒岩の皮肉を、益上は笑いながら受け流した。

「国と言っても、所詮は浅間山温泉町という町ですよ」

征志が本題に入る。

「日本と和解したいとのお申し出ですが、具体的な内容は？」

リラックスしていた益上が姿勢を正した。

「ざっくばらんに申し上げれば、日本に復帰したいということです」

「ほう、それは歓迎すべき申し出ですが、ダンカイ日本の皆さんは同意でしょうね」

「もちろんです。とは言いましても、正直、反対する勢力、特に団塊の世代や浅間氏と親しい連中ですが、反対意見も少数ながらあることは事実です」

チラリと慶輝を見る益上に、征志が厳しい声で釘をさす。

「浅間君は首相特別補佐官で、我々の一員です。浅間輝久氏の孫とか、身内だからどうのとか関係ありませんよ」

ただ、益上が次に提案した内容には、さすがに征志も驚いた。

「確かにすぐ復帰となると、ダンカイ日本の中も混乱します。そこで提案ですが、ダンカイ日本をすぐに日本に復帰させずに、一定期間の猶予をもって復帰させたいと思います」

「それはどういうことですか？」

「ひと言で言えば、一年程度ですが、『一国二制度』の体制を維持して、その後に復帰するということです」

慶輝が思わず口走る。

「香港……」

ニヤッとして益上が頷く。

黒岩から具体的な内容について質問されたが「それはこの案を日本が受け入れたらご説明しましょう」と答えた。

征志は「ご提案の内容を検討します」と回答したが「正式に決まるまでは、ここにいる関係者だけの機密事項にしましょう」と、情報が事前に漏れることのないように強く求め、益上は同意した。

ところが、翌日には一国二制度の情報はダンカイ日本の国中に広まり、国内は騒然となった。

実は工作員たちがネットを使って、ある政府高官からの情報という表現で意図的に流していたのだ。

益上は矢吹らの追及に対してネット上のデマだと受け流し、逆に別件について説明を始めた。それは満雄を「大統領特別補佐官に任命した」との過去形の説明だった。

この報告に富永や矢吹らの幹部たちから、

「寝耳に水であり、事前に相談して合意を得るのが当たり前」と追及されると、

「これは大統領の専権事項である」と突っぱねた。

重ねて一国二制度の件を追及されると「そういう噂があるようですが、あくまで噂ですよ」と、言い放った。

恍けた態度の益上に、満雄が申し訳なさそうに富永らに頭を下げた。渋々幹部たちが去ると、満雄が問い詰めた。

「いいんですか、そもそも一国二制度の件は機密事項って、神坂首相との約束だったでしょう」

「いいんだよ、こっちにはこっちの考えがあるんだ」

実は征志には内緒で、黒岩との密談で決めていたのだ。

ダンカイ日本は一国二制度の件でも国中の意見が真っ二つに分かれ、国のあちらこちらで対立が続いた。

そして半月後、今度は黒岩が急遽ダンカイ日本を正式に訪問した。征志からまだ正式な回答がされていない段階で、黒岩が渋る征志を説き伏せての強引な訪問だった。

その日の夕方、益上大統領主催による夕食会が開かれた。ダンカイ日本側からは、益上や満雄をはじめ、富永、矢吹、泉谷らの閣僚、すべての国会議員や役所の幹部たちが勢揃いした。

その夜、黒岩たちの外交団は、浅間山温泉最大で泉谷観光相がオーナーの浅間山いこいホテルの特別室に宿泊した。ホテルでは大女将の律が陣頭指揮にあたり、女将の陽子や温泉組合青年部長の圭吾も、粗相のないように注意を払っていた。特殊工作対応室の信吾はこの泉谷の次男だが、不測の事態が起こらないように、警備状況をチェックしていた。

黒岩の随行員たちの中には、変装した菅野も紛れ込んで、黒岩の陰の警護を行っていた。

ザ・ダンカイ一号館から帰宅した泉谷の末っ子の長女の愛は、着物に着替えて仲居たちの応援に入った。

料理を運ぶ途中だった愛は、酔っておぼつかない足取りの益上が来るのに気づき、脇に避けて道をあけた。

「おー、さすがにいこいホテル、従業員の指導も行き届いているねえ」

愛に気づかない益上に会釈して先を急ぐと、背後で益上の声がした。振り向くと、益上は菅野と話していたが、益上が酔った勢いからか、大きな声で叫んでいた。

「わかっていますって……、そう伝えておいてね、大ボスに」

菅野をどけるようにふらつきながら歩き出した益上は、トイレのあるレストルームに入り、菅野は足早に去っていった。

愛が怪訝な表情で立ち止まっていると、警戒中の信吾が通りかかり、愛から話を聞いてレストルームに向かった。レストルームは個室が一つ埋まっており、小用を足しているフリをしている信吾に、個室から益上のボヤキが耳に入った。

「わかっていますよって。奴を罪人に仕立て上げればいいんでしょ」

はっとして固まる信吾。

「どうせ復帰なんかできないんだから、俺様がわざわざ手を下さなくたって大丈夫なのになあ……、小心者だなあ」

益上のつぶやきが酔った勢いで大声になっていくのを聞き、信吾は急いで出ていった。

第三章　ダンカイ日本の分裂

ダンカイ日本では、今回の黒岩の訪問を機に、あちらこちらで喧々諤々の議論がヒートアップしていた。富永や矢吹、泉谷ら各閣僚、ベテラン議員たちは、日本復帰論者に詰め寄った。

「何のためにこの国を建国したのか、その基本理念を忘れてはいけない」

「少なくとも、浅間さんが復帰するまで待つべきだ」

これに対して、移住者たちや若年層、中年層の人たちは反論した。

「この国は、もう団塊世代の高齢者の国ではなくなった」

「浅間さんは、意識を取り戻しても復帰は不可能だ」

実際、全国から団塊世代だけでなく、中高年や若年層の流入や外国人の移住でダンカイ日本は大きく変わり、もはや団塊世代の国ではなくなっていた。

征志から、民意が受け入れるなら、日本復帰を歓迎するとの連絡があり、益上は思わずほくそ笑んだ。


益上は、いよいよ日本復帰を実行に移そうと決断、議会を解散して選挙を行った。すでに工作員や天寿教の信者たちの働きかけ、ネットを活用した情報操作で、直前の世論調査では日本復帰希望者が多数と出ていた。

当然、黒岩が菅野らを使って裏から工作させた結果であり、正しい数字ではなかったが、

「日本復帰の風が吹いた」とのネット上の風評に影響される住民も、少なくなかった。

富永ら幹部は、ダンカイ日本を維持したいと国民に必死に訴えた。

浅間山温泉女将会会長の律は、熱弁を振るった。

「この国は、高齢者から子どもまで幅広い人たちが安心して住める国になりました。『年を取った人間はいらない』そんな非人道的な国に戻ってもいいんですか」

ずらり並んだ女将たちも必死に訴えていた。

圭吾をはじめ、温泉組合青年部や学校の教師たち、病院関係者、さらには愛をはじめ、介護施設の職員たちも一部を除いて反対を強く訴えた。そこに団塊世代の老人たちや匠も加わり、必死にダンカイ日本の維持を声高に叫んでいた。

だが、注目の投票結果は、残念ながら日本復帰を支持する議員が多数派を占めた。その後の議員の投票で、益上が正式に大統領になった。

これにより、ダンカイ日本は一国二制度の体制となり、一年後には日本に復帰することが正式に決まった。益上と征志は首脳会談を行って正式に合意した。

この日からダンカイ日本は一変、輝久が大事故に巻き込まれて寝たきりの状態の間に、日本に吸収されることになった。

新たに日本復帰が決まったダンカイ日本の益上大統領が最初に行ったのは、意外にも前大統領の使途不明金の調査だった。

輝久が大量の資金を個人的に使い込んでいたとの報告（黒岩の指示で菅野が工作）があったからと説明するが、実は益上自身が使っていたお金であり、大半はカジノでの多額の借金であった。

益上は、故意に作成した嘘の報告書を発表して、輝久に逮捕状を出した。そして、国家安全省ではなく、日本から派遣された警察官によって、輝久を逮捕させた。取り調べも日本から検察官が来て行った。建前上は一国二制度になっていたが、国内には捜査能力がないと主張して、大統領権限で日本の検察や警察に委ねるようにしていた。

一方、瀕死の状態だった輝久は昏睡状態から脱して一命は取り留めていたが、集中治療室で寝たきりで、言葉もまったく発せない状態だった。病室には妻の里美がつきっきりで看病していた。輝正や陽子も仕事の合間を見て見舞いに訪れていたが、面会謝絶で輝久の個室には警察官が常駐しており、本来は家族といえども面会できなかった。ところが、警察官は地元の人間で輝久を慕っており、こっそり会わせてくれた。ただ、検察官が来て室内で取り調べを行った際は里美らも席を外したが、そもそも検察官自体、菅野が送り込んだ工作員だった。

その聞き取り調査の結果、富永、矢吹、泉谷ら輝久側の幹部たちも輝久同様に「多額の公金を横領している」と輝久が認めたとの調書が作成されたが、実際は言葉も発せない輝久を取り調べたことにして、調書を捏造していたのだ。結局、彼らも罪をでっち上げられ、逮捕された。

益上は国内制度のほとんどを否定し、日本の制度に準じようとした。その結果、ダンカイ日本の各省庁も廃止された。

外交省は、トップの輝久が不在となり、役所が廃止されて、町の各部署から集められていた職員は元の部署に戻った。

また、町の元総務部長で町議の丸岡が大臣を務めていた内務省も、丸岡は去って職員たちはそのまま町役場に戻った。

観光省は、トップの泉谷大臣が逮捕されて観光省自体が消滅したが、その騒ぎで浅間山温泉のホテルや旅館では一時的に客足が遠のいてしまったために、主要産業の不振に焦った益上が、金に糸目をつけない営業活動を展開して回復を図った。益上としても、温泉産業の衰退は町の今後に関わると判断、温泉の目玉のからくり忍者温泉もバージョンアップ、さらにミニ・バンジーを取り入れた空中温泉、動物と入浴できるアニマル温泉などを大々的にＰＲして外国人観光客を集客した。

温泉組合自体も組合長である泉谷が収監されており、皆が不安な状況の中、青年部の圭吾や若旦那衆、そして、律会長ら女将会が全力でこのピンチに対応していた。

国内の法律などの治安を預かる法務治安省は、弁護士で富永の弟の直仁が大臣だったが解任された。法務関係については日本の法制度をそのまま復活させ、裁判所などの司法機関もそのまま元に戻った。

国家安全省では、大臣の矢吹が逮捕されたために大きく揺れた。警察の業務を取り仕切っていたダンカイ警察は、元の日本の警察署に戻った。ダンカイ警察の幹部はことごとく首を切られ、県内外の警察署からの応援や新規採用で、かつての警察機能を維持しようとした。

国防のために設置された国境防衛隊と、国外からの裏工作に対応する特殊工作対応室は廃止された。そして、国防を象徴して建てられた国境の塀はすべて取り壊された。

国家安全省を去った信吾をはじめ、旧浅間セーフティネットから加わっていた面々は、同社を民間の警備会社として復活させた。


福祉省は、輝久が国家安泰党時代に浅間派に属していた元厚労大臣の三吉が務めていたが解任され、福祉政策は今の日本の基本政策である脱福祉政策に方向転換した。

益上は、特に介護施設を目の敵にした。今まであったザ・ダンカイ一号館から五号館の廃止を決めた。さすがに現在入居している高齢者が多かったために、経過処置として最大五年間は維持することにした。

六号館については舞子と相談し、大鷹スカイホスピタルグループ直営の病院に、七号館はその付属施設として旅立ち龍宮城に改築した。

また、八号館は天寿教幹部と相談して同教の寺院に、九号館は天寿教のヒューマンセミナー道場の極楽浄堂に、十号館は新たに道場利用者が宿泊できる「極楽浄堂のやど」に改築したが、実態は高齢者の家族が強制的に自分の親を収容させることができる施設であり、旅立ち龍宮城と同じだったが、違いは、病院に入院する必要のない高齢者を収容するという点で、事実上の自選死対応施設だった。

以前、温泉地熱発電所において富永の不正疑惑があったが、今回それが明白になったとの理由で富永副大統領が収監され、大統領直轄となって益上が直接経営できる体制にした。浅間山の火山を利用して建設された温泉地熱発電所は、山の麓に四基設置されていた。このうちの二基は国内の電力をまかなっていたが、後の二基は信州の他の市町村に送電して大きな収入源になっていたのだ。

富永財閥は、元々信州みそや酒を百年以上前から醸造する老舗だったが、その後キノコの栽培から食品の製造販売の企業として成長、さらに他の分野へも業務を拡大し、信州では最大規模の企業グループに成長していた。富永の収監でグループ最大の危機を迎えたが、息子の和光が踏ん張っていた。

第四章　正式復帰

一年が経ち、一国二制度も終了、ダンカイ日本は正式に日本に復帰して、その日から浅間山温泉町に戻り、統治責任者として、益上が町長となった。

彼は、大統領から町長に格下げになったことはまったく気にせず、自らの財産を築き上げることに情熱を燃やした。団塊パラダイスの税金を半減させて、多額の利益を得られるように変えた。さらに、念願だったカジノ場を団塊パラダイス内に新設し、そこでの儲けを独り占めして住民からの抗議を受けたが「政府が公認している」と無視した。

調子に乗ると抑えが利かなくなる性格を熟知する満雄は、大統領補佐官から副町長になっており、逐一兄に忠告していたが、益上はまったく耳を貸さなかった。

当然、町としての収入にも手をつけるようになり、脇の甘さも手伝って、たちまち益上の黒い噂が広がり始めた。

翌日、菅野から満雄に、政府の意向として益上には内密に上京するよう指示があった。

満雄は総理官邸ではなくホテルの一室に呼ばれたが、そこにいたのは、黒岩と菅野だった。

「お兄さんには、困ったものですな」

菅野の発言に、満雄は固まった。

「せっかく日本に復帰したのに、いきなり不正発覚、しかもトップ自らでは話にならないでしょう」

「申し訳ありません」

土下座した満雄が必死に訴える。

「兄をなんとか改心させますから、この通りです」と額を床につけた。

「すでに、一部のマスコミに嗅ぎつけられていますよ」

「……」

満雄はずっと無言の黒岩を見ていたが、菅野が追い打ちをかけた。

「あなたも加担しているんじゃ」

「とんでもない、私は兄を止めようと必死でした」

「マスコミに垂れ込んだのは内部の人間らしいので、あなたかと思いましてね」

不敵な笑みを浮かべる菅野に、満雄は凍りついた。

「とにかく、この問題は早急に解決したいと、神坂総理もおっしゃっていますので、よろしくお願いしましたよ」

黒岩が席を立った。

茫然と見送る満雄に、菅野が声をかけた。

「大丈夫、悪いようにはしませんから」


一週間後、益上の不正の情報が突然ネットニュースに載り、それをきっかけに贈収賄や不正の容疑で警察の捜査が入った。

「俺様を誰だと思っている」

捜査官に対して怒り心頭の益上が怒鳴りつけたが、捜査官は冷静に令状を差し出した。

同席していた満雄に「何かの間違いだ、すぐにあっちに連絡しろ」と指示するが、益上と同様、満雄もその場で身柄を拘束された。

マスコミやネットを通じて、さまざまな不正の事実が明るみに晒された内容は、輝久の不正だと益上が追及していたものがほとんどで、実態は益上の不正だったことが明らかにされた。その証拠として、益上の部下からの内部通報や取引先からの情報など、身内の裏切りから動かぬ証拠がもたらされたのだ。

ただ、満雄に関しては不正に関わった証拠はなく、むしろ益上に忠告していたらしいとの情報がもたらされた。


征志の指示で徹底した調査が行われた。最初は黒岩が後ろ盾だと安心していた益上だったが、留置場で一人になるとさすがに不安になった。弟も収監されており、孤独の益上は、「俺は官房長官とツーカーだ。連絡してみろ」と監視に訴えたが、一向に動く気配がなかった。

「総理とも会談を行って、よく知っている仲なんだぞ」と監視に詰め寄ったが、まったく無視された。

「そうだ、官房長官の右腕の菅野さんに連絡してくれ」

今度は監視に土下座してお願いすると、今までの強気一辺倒から一転して低姿勢になった益上を気持ち悪く感じた監視が、その旨を上司に伝えた。

期待を込めて待っていた益上の前に現れたのは捜査官で、取調室で示されたのは逮捕状だった。捜査官から、腹心の内部告発で決定的な動かぬ証拠を得られたと、益上は正式に逮捕されてしまった。

「まさか、冗談だろう」

もしかして、何かの体裁を取るために黒岩が行ったのかとも考えたが、拘留中に黒岩はおろか、菅野さえ益上の前に姿を見せなかった。追いうちをかけるように、取り調べでは新たな罪状に仰天した。いつの間にか、輝久の殺人未遂罪が加わっていたのだ。しかも、輝久が死んだら殺人罪に切り替わると、つけ加えられた。

「黒岩に会わせろ！」

捜査官に大声を出してつかみかかる益上に、捜査官から「弁護士が来ていますよ」と告げられ、手を放した。

「日本は法治国家ですから、きちんと弁護士がついてくれますよ」

「そうか、そうだな。日本は法治国家だ」

冷静になった益上は、黒岩が用意してくれたと勝手に解釈していた。

益上は弁護士との面談で、いろいろ不満や政府に騙されているのではないかとの疑念を伝えると、弁護士からは、

「ある筋からの指示で伺いました。私にすべてをお任せするお気持ちがないようでしたら、

別の国選弁護人に依頼してください」と突き放された。

　黙り込んだ益上は、最後に「よろしくお願いします」と頭を下げた。ところが、その後は時間ばかり経過して状況はまったく進展しなかった。それだけでなく、次の弁護士との接見では最悪の話が出た。

「これだけ明確な証拠や証人がいてはどうしようもありません。無罪を主張するのは無理です。むしろ、罪を認めることで改心の姿勢を訴え、少しでも心象を良くして情状酌量による減刑を狙った方がいいと思います」とさえ告げられた。


　獄中の益上は、冷静に今までの経緯を振り返った。さすがに、弁護士の減刑を狙うという内容には納得しかねた。しかも、あの弁護士も黒岩たちとグルで俺をはめようとしている仲間ではないかと疑念を抱いた。

　そして彼は、反撃に出ることを決意した。元々、弟の満雄を団塊パラダイスに呼んでからは、ダンカイ日本内のことや日本政府との対応などすべて任せていたが、その満雄からは、「政府は怪しいから、気をつけた方がいい」と忠告されていたにも関わらず、天狗になって上から目線だった益上は、弟の忠告を聞き流していたのだ。

満雄が証拠不十分で釈放されていたことは弁護士から聞いており、弁護士に「減刑の方向で進めたいが、一応身内に相談したい」と満雄との面談を希望し、弁護士が受け入れた。

面会に来た満雄に弁護士の減刑の話をすると、即座に反対した。満雄は、むしろ日本政府との事前の密約などの情報を世間に明らかにすると脅して、逮捕を密かに撤回させることを提案してきた。

「裏には裏で対抗するしかないよ」

今まで常に自分の後ろからついてきて、頼りにならないと思っていた弟が、初めて強く主張したことに感激した。それまで弱気だった益上は本来の強気を取り戻し、その情報の隠し場所や密かに使える金のありかを満雄に教え、すべてを託した。

ところが、満雄はすでに黒岩の側に寝返っていた。

今回も事前に菅野と打ち合わせを行い、開き直った益上が極秘情報を事前に漏らすことのないように、満雄がうまく誘導してそれらをつかむように指示されていたのだ。

急に益上は元気になって、今までほとんど残していた食事も完食するようになり、毛嫌いしていた監視にも軽口をたたくようになっていた。

一週間後、早朝の東京湾に一人の男の遺体が浮かんでいるのが発見された。益上満雄だった。靴と一緒に「兄の悪行に絶望した」との遺書が残されていた。

翌日、益上は弁護士を呼び、減刑を狙った裁判を進める交渉に同意した。

「大丈夫、殺人罪にはならないし、必ず執行猶予を取れるように頑張りますよ」

弁護士は自信満々に出ていった。

ところが、裁判では有罪となり、しかも無期懲役と重刑だった。留置場の中で益上は、これ以上黒岩には抵抗できないと悟った。

一か月後、益上が留置場内で舌を噛み切って自殺したとの報道があった。真相は、黒岩の念には念を入れた菅野への指示による口封じだった。

第五章　新町長と離反

征志は、町長が不在となった浅間山温泉町を政府の特別指定区として二年間は政府が管轄、その統治責任者に慶輝を任命しようとした。ところが、黒岩から反対の声が上がった。

「政府に反抗した浅間氏の身内を指名するのは、国民やマスコミから批判されてしまいますが、よろしいのですか」

他の閣僚たちもほとんどが黒岩に同意した。この混乱を鎮められるのは地元出身で、能力的にも慶輝しかいないと判断した征志は、前夜に本人を説得していたのだ。

慶輝は「浅間輝久の孫が後任では、世間が納得しないと思います」と固辞したが「大事なことは世間の声ではなく、この任務をこなせるかどうかだ」と強く説得され「一年の期間限定で」という条件付きで受けてくれていたが、黒岩の反対で征志は断念した。

最終的にこの任に就いたのは、初入閣早々に征志に首を切られた黒川元国交大臣だった。彼は、地方の都市で市長を二期務めた経験があり、適任者だと黒岩が推薦していた。

慶輝は今宮から経緯を聞き、逆に安堵した。そして、スティーブから「急用ができたので、一時的に戻ってほしい」との連絡があったので、アラビアン王国に戻りたいと今宮を通じて征志に伝えた。征志にもスティーブから連絡が入っていたらしく、彼からは「了解した」との簡単なラインが届いた。

今宮は征志に内緒で、食事に誘ってくれた。

「本当は総理も食事を一緒にされたかったと思います」

「総理はお忙しいし、私のことにかまっている時間はないと思いますよ。逆に今宮さんに気を遣わせてしまって、かえって申し訳ないです」

「いやいや、私も浅間さんと二人で話をしたかったんですよ」

「私に話ですか？」

「実は……、元々、総理が浅間さんを呼んだのには理由がありまして」

「理由？　以前、前進党の結党時にも声をかけていただきましたが、今回もその流れで声がかかったのでは」

「確かに首相特別補佐官も私一人では無理で、いくら総理が優秀でも今の日本ではさらなる人材が必要です」

「でも、外から見ていると、優秀な官房長官が総理の意図を汲んでテキパキこなしていらっしゃるという印象ですが」

「その官房長官が問題でして……」

顔を曇らせた今宮に慶輝は戸惑った。それから二人はほぼ徹夜で語り明かした。

翌日、慶輝は日本を離れる前に輝久を見舞いに浅間山温泉町を訪れたが、輝久自身は正式に釈放にはなっておらず、警察官が室内にいた。ただ、慶輝が政府の幹部であり、何より輝久の孫ということを承知していたため、二人に気を遣って席を外してくれた。

同行した愛と一緒に慶輝がベッドの脇でアラビアン王国に戻る話をしていると、輝久の身体が反応しているらしく、口元が微妙に動き、何かを訴えたいような様子が感じられた。

「何か言いたいんですか？」

身を乗り出した愛に、輝久からの反応はなかった。

去り際に慶輝が毛布をめくり、輝久の右手をそっと握ると温かかった。そのまま手を放そうとすると、なんと輝久が握り返したのだ。一瞬の出来事だった。

はっとする慶輝に愛が気づき、ベッドの反対側から左手を握る。

「あれ……」

輝久が強く握り返したのだ。愛も輝久を見つめたが、それは一瞬の出来事であり、その後は何の反応もしなかった。

「気のせいかな……。じゃあ、また来ますからね」

二人が出ていった後、輝久はこっそり目を開けた。

「本当に日本はこのままでいいのか」

慶輝は、愛が運転する車で介護施設を訪れる途中、愛に意見を求めた。

「人間って必ず老いていくもの。でも、それまでにその人たちが貢献してくれて、今があるってことをわからないというのは……、ホント、理解できない国になったって感じ」

「個人的にはわかるけど、これからの日本を考えたら、今の政府の政策はやむを得ないと思うよ」

「子どもの頃って、家には兄弟や両親、祖父母も一緒にいて、みんなで家族として生活していたよね。それは、他の家も同じで、地域にはいろいろな世代の人たちがいて、みんなで地域を支えていたでしょ」

「……」

「高齢者を目の敵にしている脱福祉国家を目指すなんて、絶対おかしいよ」

確かに、征志の目指す社会は世代間の対立を生み、国民がバラバラになってしまい、皆で共存する社会を個人ごとの単なる集まりの社会に変えていた。その歪みを解消しようとしたのが輝久であり、ダンカイ日本だったのか……。

慶輝は、ザ・ダンカイ一号館を久しぶりに訪ねた。愛が車椅子の老婆に笑顔で話しかけると、老婆が大きな声で笑った。こんな光景は久しぶりだった。でも、子どもの頃は、こういう光景が当たり前だったではないかと思った。

その夜、浅間山いこいホテルでささやかな送別会が行われた。幼馴染みの圭吾が音頭を取り、愛や信吾はもちろん、温泉の女将たちや町の顔見知りが集合した。

「もう、日本には戻らないの？」

その質問には慶輝は明確に答えなかった。そして翌日、アラビアン王国に旅立った。

征志は、町長が空席となった浅間山温泉町を政府の特別指定区として、二年間は政府が管轄、その統治責任者に慶輝を任命しようとしたが、黒岩から反対された。逆に提案されたのが、征志に就任早々に首を切られた前国交大臣の黒川だった。

新しく町長となった黒川は、地方の都市で市長を二期務めた経験を有し、黒岩が推薦したこともあって、前回の汚名を雪ぎ、黒岩の恩に応えようと張り切った。まだまだ、反政府の人間が多いこの町でまず最初に行ったのは、逮捕されていた富永や矢吹、泉谷ら前のダンカイ日本の幹部たちを恩赦で解放することだった。元々、益上が諸悪の根源であり、幹部たちは被害者だったと町民たちに説明して、彼らを取り込もうとした。

ただ、その後は態度を豹変、強気一辺倒の黒川は、強引に政府の政策を進めようとした結果、反町長のデモが行われたり、職場でストライキが敢行されたりと、猛反発にあった。黒川は警察官を動員して力で鎮圧しようとしたが、警察内部にも反対派が多く混乱し、町全体が騒乱状態になってしまった。

征志の指示で、黒岩が黒川を呼び戻した。征志は緊急の対応として、一年という期間限定の変則的な町長選挙を実施させた。その結果、元副大統領の富永が当選して、泉谷、矢吹らと浅間山温泉町の復興に全力を挙げて取り組むことになった。

昏睡状態だった輝久は、濡れ衣が晴れて正式に無罪放免になったことを理解したかのように、快方に向かい始めた。手足を動かしたり、口をもごもごさせて話をしようとする動きが活発になっていた。

そして、医師や家族をはじめ応援するすべての人たちの熱意が通じたのか、ある朝突然、完全に意識を取り戻した。

輝久は検温に来た看護師に、元気に挨拶した。

「おはよう！　どうだ、元気か」

驚いて固まった看護師に、優しく語りかけた。

「どうした、そんなに驚いて……。浅間輝久は元気だぞ」

看護師は、慌てて医師を呼びに病室を飛び出した。

ベッドの上で輝久は、大きな欠伸をした。

「あーあ、疲れたねえ。意識不明の演技も疲れるよ」

実は、少し前から輝久の意識は戻っていたのだ。慶輝が挨拶に来たときは、ついうっかり手を握り返してしまっていた。


町内は大騒ぎになった。富永町長や泉谷、矢吹ら幹部が病院に集結した。

「どうした、みんな大騒ぎして」

「いつから気がついていたんだ？」

泉谷が輝久に問い正す。

「いつからって……、さっきだよ」

一同がざわついている中、一人平然と饅頭を口にする輝久に、矢吹が告げる。

「ダンカイ日本は無くなったんだよ」

「無くなった！」

輝久の好物の饅頭を差し入れた愛が、お茶を差し出す。

「益上さんが大統領になって、日本に復帰してしまったんですよ」

「何！　あの野郎、勝手なことしやがって。すぐここに呼びなさい」

「益上さん、亡くなりました」

愛の言葉に輝久は固まった。

「その辺りの詳しい話をするよ」

富永が合図して、幹部以外が出ていった。

【第四部】　政権交代

第一章　改革三法の効果

日本国内では改革三法の効果が芳しくなく、高齢者だけでなく、征志を支持していた現役層からも不満が噴出して、反前進党のデモが全国各地で起こっており、その声は日に日に大きくなっていった。

「神坂内閣は退陣しろ！」

「国民を人間扱いしない政府は潰せ！」

理論先行でシステマチックな政策による財政再建策に対し、一般の国民だけでなく、今まで征志を後押ししてきた評論家たちからも非難の声が上がり始めた。その筆頭は、かつて裏プロジェクトの座長で政府を全面的に支持していた医事評論家の世良だった。彼は世間の空気を敏感に読み、病気を理由に座長を辞任してから露骨に態度を変えた。

ネット上で征志や前進党への痛烈な批判がどんどん膨れ上がり、神坂政権は炎上した。

マスコミもこれに便乗して、一年前の政権誕生時とは一転、まさに掌返しだった。


総理官邸では、毎月末日に改革三法の進捗状況について、各閣僚や関係省庁の責任者から報告がなされ、征志がそれに対して細かい指示を与えていた。

黒岩から福祉大臣の根岸善之に厳しい質問がなされたが、根岸は、前大臣の黛が二カ月前に健康上の理由で辞任して、急遽征志に指名されていた。ただ、これは黒岩が裏で黛に辞任するように指示、後任に神坂派とも言える根岸を黒岩が推薦していたのだ。

根岸は、元々医師会の理事を務める医師から国会議員になっていた。脱福祉国家の最前線とも言える主要ポストの福祉大臣に、当初黒岩は自派の黛を押し込んだが、国民の予想以上の反発に早々に手を打っていた。

根岸は、さすがに焦りの色を隠せなかった。

「福祉廃止法については、各種補助金の廃止、これは経過措置も含めますが、この効果として概ね三割の削減というところです」

「前回の半年経過時点での報告では、五割削減の効果が出ていたはずなのに、なぜ増えているのですか」

黒岩の質問に対して、征志が即答した。

「現場の窓口で、例外規定として一部を支給するケースが激増しているからです」

「私も現場を視察しましたが、連日、苦情が殺到、そのすごい剣幕に押されて窓口対応者が応じてしまっています」

根岸も渋い表情で現場の状況を報告した。

「それは無責任でしょう。そんな窓口の対応者は即刻変えるべきです」

黒岩の突っ込みに、根岸が苦笑した。

「以前の公務員はそれなりに自覚を持って仕事に取り組んでいたと思いますが、今はほとんどが民間の派遣社員かパート、はっきり申し上げてレベルがかなり低下しています。待遇もそれなりですから、役所に暫定的に残っている課長クラスがいくら注意・指導しても効果は期待できそうにありません」

黒岩が相槌を打ちながら、薄ら笑いを浮かべた。

「それについては私にも情報は入っていますが、民間委託法が足を引っ張っていると言えそうですね」

「確かに、人件費は一時的にかなり減りました。ところが、今もあったように現場ではまともな業務ができず、役所の業務が停滞して、国民からの抗議が殺到しているようです」

総務大臣からも、補足説明がされた。

「これは中央の官庁共通の事態で、各省庁では元の職員など経験者を特別待遇で復職させて対応しているため、人件費削減の効果が半減しているように私も聞いています」

黒岩が同調すると、総務大臣がつけ加える。

「その傾向は何も中央官庁だけじゃないようです。地方も同様で、各知事や市町村長からは役所が機能しないと政府に抗議が殺到していまして、結局、自分たちの職権で、元の職員を特別待遇で復帰させているようです」

今宮特別補佐官が立ち上がる。

「政府の方針は決まっているのに、こういうことを許していては、財政再建なんて不可能です。総理、ここは再度指示を徹底し、違反者には厳罰を科された方が」

「そんなことして大丈夫なのかな」

黒岩の発言に、他の出席者も首を振って今宮の発言に反対の意思表示をする。

「根岸大臣、徴労働制法の方はどうですか?」

征志が根岸に話題を変える質問をした。

「介護分野については、職について一カ月足らずで休職したり、施設内で利用者や家族、従来のスタッフとトラブルを起こしたり、ひどいのは自分勝手な介護で死亡事故を起こしたりで、現状はほとんど効果が出ていません。また、介護の養成校も大きく定員割れをしています」

「経過措置でいずれなくなるとはいえ、まだ、介護施設は存在していますから厳しい状況ですね。それと、ドライバー不足の運送業やタクシーなど介護以外の分野でも、現場からは、まったく使えない人材ばかりだとクレームが殺到しているように聞いていますが」

黒岩の発言に根岸は渋い表情をした。

「まあ、半年や一年で一人前の人材がそろうわけでもないので、予想されたことではありますが」

黒岩の皮肉に征志が立ち上がる。

「とにかく、この改革三法を徹底させ、日本の財政を立て直すことが我々の至上命令ですから、しっかり対応してください」

　黒岩は自室に菅野を呼んだ。菅野は、半年前に正式に秘書官になっていた。普段は秘書らしい目立たない格好で、車の運転手からスケジューリングなど、常に付き添う形で黒岩と行動を共にしていた。

「相当やばい状況ですね」

　テーブルの黒岩のグラスに、高級ウイスキーを注ぎながらつぶやいた。

「全体的にはかなり経費削減して、今までにない数字を出しているのだがな」

「経費を三割も削減させるなんて、今までの内閣だったらあり得ない数字です。星政権やその前の政権も経費削減は訴えていましたが、結果は一割にも満たなかったですから」

　ウイスキーをあおりながら、黒岩は苦笑した。

「あの完璧主義のお坊ちゃんとしては、五十パーセントは削減させると言っていたから、プライドが許さないいんだろう」

「おそらく、このままの状態では我慢できないでしょうから、次の手を打ってくるのでは」

「フン、次の手か……、いよいよかな」

「まさか、高齢罪……」

「こちらもいよいよだな」


征志の私邸に、今宮と根岸がいた。

「官房長官、ちょっとひどいですよ」

根岸の率直な感想に、今宮も同意する。

「自分も当事者なのに、まるで他人事という発言でしたし、進捗が良くないことにうっすら笑みさえ浮かべていましたよ」

「私も見ました。何か、怪しいですね。浅間さんが抜けて安心したっていう感じです」

「彼を警戒していましたから、いずれは自分が外されそうだと気づいていたと思います。そういうところは鋭いですから」

今宮の言葉に、征志は無言でワイングラスを手にした。


大鷹舞子のホスピス系病院の付属施設の旅立ち龍宮城を始め、他の自選死対応施設には、政府が裏からＮＰＯやマスコミ、ネットを利用して高齢者を導いていたが、舞子は、入院を拒む裕福な層は旅立ち龍宮城に送り込まずに病院で留め置き、一カ月以内に家に帰していた。ただ、その対価として病院への寄付と称して、一人一千万円を受け取っていた。

また、天寿教でも、健康な状態ながら自選死を迎える人たち専用の施設である極楽浄堂のやどから出たがっている高齢者に、一部の幹部が高額なお布施を要求して、密かに脱出させていた。極楽浄堂で行われているヒューマンセミナーで一般向けに自選死思想を植えつけていたが、途中でその不合理に気づき退会を希望する人たちにも、セミナーの途中退場を受け入れる見返りに、多額のお布施を要求していた。

これらは、いずれのケースも闇ブローカーを仲介して行われていた。舞子も天寿教の幹部も、闇ブローカーから多額のリベートを受け取っていた。闇ブローカーの利用者の多くが、国会議員や経済界の大物という裕福な層だった。しかも、そのほとんどは政府の政策を全面的に支持していた面々だった。

これらの事実が白日にさらされるきっかけとなったのは、ネットに載ったある内部告発だった。そこからいろいろな情報が拡散した結果、それぞれの施設の幹部に多額の金が流れているとの内部告発が続出、国民から政府へ抗議が殺到、警察が強制捜査に入った。

その渦中、大鷹舞子は突然姿を消した。ホスピス系病院はしばらく続いたが、結局臨時閉院に入った。その結果、旅立ち龍宮城は暴徒になった人々から襲われ、いろいろな物品を略奪された上、破壊された。警察は、抑えようとする姿勢は見せたが、それはあくまでポーズで、自分たちに矛先が向かないように、暴徒たちとは距離を置いていた。

ただ、天寿教の教祖森安寿はまったく関与しておらず、自分の知らないところで教会幹部が多額のお布施を受け取っていたことに、大きなショックを受けた。あくまで純粋に天寿教の教えに従い、信者を導いてきた自分の情けなさに絶望すると共に、その教え自体に疑問を持った。国内にある天寿教の施設はどんどん廃墟と化して、信者も激減していった。森安寿は、教祖を辞めた。

その後、安寿は一転、今までとはまったく正反対の「生きられるなら、できるだけ生きよう」という思想の「命ながらえる教」という新しい宗教を立ち上げた。

一方、輝久が復活した浅間山温泉町は、日本に復帰したため脱福祉政策に従わざるを得なくなり、輝久が立ち上げた団塊パラダイスや高齢者向けの住宅、アウトレットショッピングモールなども廃れていき、転居や閉鎖するところが目立つようになっていた。

今まで大量に流入してきた他の地域からの高齢者やその家族たち、外国人も段々元の家に戻ったり、他の都道府県に転出するようになった。当然、人口も減り出した。

主要産業の温泉も、温泉組合や女将会が奮闘していたが、客足は減少傾向にあった。日本に復帰したために、浅間山温泉町は、国からの地方交付金などの補助金収入が復活したが、現状はそれ抜きにはやっていけない状況に後戻りしてしまった。

輝久は、国内で相変わらず反政府デモが全国的に拡大していることから、改革三法はすでに壁に突き当たっており、政府が対策を講じないと大変なことになると感じていた。

「脱福祉国家は、やはり日本には適さない」

輝久は、再び政府に反抗することを富永らと相談していた。

第二章　新首相誕生

政府内では反政府デモの鎮圧とともに、征志が「改革三法の効果が不十分である」と国民に向けての会見を行い、いよいよ次のステップである定死制を導入するための前提として、高齢罪の制定を進めるかどうかの議論に入ると発表した。

国内は大騒ぎになった。

翌日の前進党の幹部会（代表、副代表、内政部会長、外交部会長、選挙・国会対応部会長）では、征志が国会に法案を提出するための準備をするように指示した。

いつもの幹部会は征志の一方的な指示で終わっており、せいぜい黒岩が多少の意見を述べる程度だったが、この日は違った。黒岩以外の出席者が、初めて反対の意見を述べたのだ。一瞬驚いた征志だったが、平静を装った。

「この内容は、以前から予定していたプログラムであるので、この案に反対と言うならこれよりいいと思われる代案を出してほしい」

との発言に出席者は皆、俯いた。黒岩が「重要事項であり、議員集会に諮ったらどうでしょうか」と発言すると、征志の顔が険しくなった。

「官房長官までそういうことをおっしゃられるのは、いかがなものでしょう」

今宮が黒岩に苦言を呈した。

珍しく顔を真っ赤にした黒岩が怒鳴った。

「総理に申し上げているんだ、黙っていろ！」

凍りついた出席者を見回し、征志が頷いた。

「今宮補佐官、明日、緊急の議員集会を招集してください」

翌日の議員集会は、急な招集にも関わらずほとんどの議員が出席、壇上に並ぶ幹部を尻目に開始前から騒然としており、ベテランから若手まで議員のほとんどが口々に反対意見を展開していた。

「まさか、本気でやるとは」

「我々に殺人者の罪を着せようと言うのか」

皆が興奮状態の中、今宮が開始を宣言、征志が改革三法の効果が得られない以上、高齢罪や定死制はやむを得ないと説明すると、最前列に陣取った議員から、手が挙がった。

黒川だった。黒川は怒りを抑えるような口調で、首相に迫った。

「今、国内では反政府のデモが全国各地で毎日のように行われている中で、高齢罪とか定死制なんて話をしたら暴動が起きます。今は絶対に反対です」

征志が発言しようと立ち上がったが、黒川を支持する「そうだそうだ」「絶対反対」の声が会場内に鳴り響いた。黒岩は無言で壇上の席に座ったままで、今宮が黒岩に目で合図したが、気づかないふりをしてそのままだった。

「皆さん、どうでしょうか、重要事項ですから採決したら」

勢いづいた黒川が振り向いて場内を見回しながらの発言だったが、場内は拍手の嵐に包まれた。

騒然とする中、黒岩が立ち上がり、鎮めるように両手で制する仕草をした。

「官房長官の話を聞きましょう」

黒川が大声で皆を制した。

場内が鎮まると、黒岩は征志に向かって、

「ここは党の国会議員の皆さんの意見を伺うという形、もちろんあくまで参考としてですが、採決をしてみるというのはいかがでしょうか」

無言の征志に代わり、今宮が、

「今回の件は代表の専権事項であり、党議員の採決議案ではありません」と説明するも、

「採決」の連呼が会場内に響き、今宮の声はかき消された。

征志がおもむろに立ち上がり、中央のマイクの前に立った。

「あくまで参考としてですが、採決してみましょうか」

会場内は拍手喝采となった。

取材していたマスコミ陣が、一斉に会場の外に飛び出していった。

今まで征志がすべてを決定して実行していたが、今回初めて異論が出て、それを征志が受け入れたのだ。

採決の結果は反対多数、ほぼ六割の議員が反対、賛成は今宮ら少数で残りは棄権した。

黒岩は党内の空気を読み、そろそろ行動に移るタイミングと判断、今後の行動について重大な決断をした。


翌日、黒岩は国家安泰党の星に接触するため、極秘に浦部に連絡した。年齢は浦部が一歳下ながらも国会議員としては二年先輩で、選挙区が同じ新潟県でしかも隣の区だった。また、国家安泰党時代に同じ浅間派に属していたことから、二人の関係は悪くなかった。

黒岩が、贈収賄事件で秘書が自殺して議員辞職したときも浦部は声をかけてくれ、無所属で立候補した黒岩を陰で応援してくれた。その後、星についていった浦部とはしばらく関係が途絶えていたが、前進党に入党して官房長官になったときに、久しぶりに会った。

「官房長官は相当激務ですよ、体に気をつけてくださいな。私で役に立つことがあったら、遠慮なく聞いてください」と激励されていた。

浦部のセッティングで、黒岩と星はゴルフ場で会った。同じ日に別の組で回っていたが、偶然を装ってクラブハウスの特別室で昼食を共にした。

黒岩と星の極秘会談の情報は、国家安泰党の中でも最高機密とされ、星と浦部以外は誰も知らなかった。


征志はそれでも高齢罪の法案を提出した。法案の審議では、野党は反対で一致、国家安泰党からは望月総裁が自ら反対質問に立った。答弁する征志の横に座る黒岩は、ずっと目を閉じたままだった。

与党の前進党からは賛成の立場の議員が質問を行ったが、内容がまったくお粗末で、野党やマスコミから失笑を買っていた。テレビ放送を見ていた国民からは「今こそ、政権交代」との声が上がり、ネット上で前進党が炎上する始末だった。


採決の日を迎えた。それでも議席数は僅差ながら前進党が過半数を確保していたので、通常であれば成立するはずだったが、マスコミの事前予想でも、一部の前進党議員が棄権するのではないかとの憶測が流れ、緊張感が漂っていた。

採決の結果、高齢罪はなんと前進党の約半数が棄権、黒川ら十数人は反対に回ってあえなく否決された上に、野党の提出した不信任案も可決されてしまった。

これに対し征志は、内閣を総辞職して解散総選挙を選択した。

その解散総選挙を決断して記者会見する征志の隣に、黒岩の姿はなかった。その前に開かれた前進党の幹部会にも、黒岩は姿を見せなかった。

その日の夜、黒岩が急遽記者会見を行い、その模様がテレビ中継された。

「国民のために前進党を離党して、仲間と共に新党『国民主流党』を結党します」

黒岩は、前進党を離党して新党を結成したのだ。


日本の国会は、すでに参議院だけの一院制になっていた。七年前、当時与党だった国民平和党（その後国家安泰党に党名変更）が、議員の「政治とカネの裏金問題」をきっかけに、国民から「そもそも国会議員の報酬が高過ぎる上に議員数も多く、大いなる無駄遣い」との厳しい批判を受け、選挙で過半数割れをしてしまった。

やむを得ず、野党第一党の社会温厚党と連立を組んで、国民の批判をかわすために、地元に利益誘導することが多かった衆議院議員を「国全体のためにはならない」と否定して衆議院自体を廃止、参議院のみの一院制に変えてしまっていた。

その参議院は定数三百で、内訳は次の通りとなっていた。
全国代表は、名簿に順位をつけた政党、または個人への投票であり、他は都道府県、エリアごとの立候補者への投票となっていた。

《全国代表》　六〇

《都道府県代表》　一五〇　＊概ね人口比率
東京＝一五
大阪・神奈川＝各一〇
愛知・埼玉＝各九
北海道・兵庫・福岡＝各七
茨城・静岡・広島＝各四
宮城・新潟・長野・岐阜・京都＝各三
青森・岩手・山形・福島・栃木・群馬・富山・石川・滋賀・奈良・三重・岡山・山口・愛媛・長崎・大分・熊本・宮崎・鹿児島＝各二

秋田・山梨・福井・和歌山・鳥取・島根・香川・徳島・高知・佐賀・沖縄＝各一

《エリア代表》　九〇
北海道・東北　一〇
関東（東京含む）　二五
中部（愛知含む）　二〇
関西（大阪含む）　二五
九州・沖縄　一〇

そして迎えた総選挙の結果は、定数三百のうち国家安泰党が百三十を超える議席を確保した。改選前と同程度だったが、注目の国民主流党は前進党からついてきた三十人に新人を加え、五十議席を獲得した。これに対して前回、過半数を確保していた前進党は、八十を切って半減するという大敗北だった。

その翌日、驚くべきニュースが流れた。国家安泰党が国民主流党と組んで、連立政権を発足させることを発表したのだ。

星と黒岩がそろって記者会見を行ったが、テレビ画面には国家安泰党の総裁である望月環の姿はなかった。

その日の朝、環は星から連立の話を聞き、総裁として反対した。

「これは党員の多数の支持を得ている」

党内の三分の二は星派だった。環は星に対して不信感を持った。

連立の話に加えて記者たちを驚かせたのは「新しい首相は黒岩」との発表だった。事前に星と黒岩の密談で決めていたことだった。少数派の国民主流党が政権を握ったのだ。それは同時に、黒岩が長年抱いていた夢が叶った瞬間でもあった。


野党に転落した前進党は臨時の幹部会を開いたが、この選挙が完敗に終わったため、その席で征志は辞意を表明した。

これに対して、今宮が待ったをかけた。

「それでは党が空中分解して、なくなってしまいます」との必死の慰留を行い、前進党に残った若手を中心とした議員たちからも「このまま終わらず、再起を期しましょう」との言葉がかけられた。

征志は一旦辞意については保留としたが、一週間程時間が欲しいと伝えて了承を得た。その翌日、征志は姿を消した。

征志は、山形の天童にいた。そこには亡き祖母の実家があり、子供の頃、夏休みに祖母の民と共に訪れ、従兄弟たちと遊んだ、楽しく、安らぐ唯一の場所だった。今、そこにある民の墓の前に来ていた。

民は十年前に祖父が亡くなると、都会の生活には向いていないと、一人で天童に帰った。アメリカから帰国して日本の政界に挑むことになった征志が報告に行くと、いつもの優しい笑顔で迎えてくれた。

「今の日本の大変な危機を救いたいという征ちゃんは偉いね。征ちゃんならできるよ。自分を信じて日本を救ってね」

民の励ましに頷いた征志は、

「今の日本を救うには、高齢者の人たちに冷酷なことをしないといけなくなるかもしれない」と、次第に声が小さくなっていったが、民は昔の伝説を例えて、征志を元気づけた。

「昔、姥捨山の伝説があったでしょう。老いた老人を他の家族のために、食い扶持を減らす手段として山に置き去りにして、見殺しにした話だけど」

「ああ、知っているよ。すごく残酷な話で、今じゃ考えられないけど」

「その当時の人たちが、凄い残酷で血も涙もない非人道的な人間で、今とは正反対の人間だったと思う?」

「まあ……、でも時代も違うし一概には言えないかも」

「婆ちゃんは、昔の人も今の人も変わらないと思う。ただ時代がそうさせたんだよね。お婆さんを置いて帰るときの息子や家族の気持ちは、想像できないくらいに苦しかったと思うよ。日本はそういう苦しい時代を、みんなで頑張って乗り越えてきたんだよ」

「今も違う意味で、あの時代と同じ状況って言えるかも……」

「人は必ず老いるし、寿命があるものよ」


その後、前進党が結成された年、九十歳の民はまだ元気で、山に山菜取りに行き行方不明となった。捜索の結果、足を滑らせて転落死していた。

通夜に駆けつけたとき、征志宛の封書を叔父からこっそり受け取った。一枚の手紙が入っており、民の見事な毛筆でひと言『初志貫徹』と書かれていた。

この民の言葉が、ずっと征志の背中を押していた。今、民の墓をじっと見つめていた。

第三章　アラビアン王国と慶輝の帰国

ナイトリアンは高層ビルが立ち並ぶアラビアン王国の首都で、人口が百万人の大都市だった。一歩郊外に出ると、砂漠と石油精製施設、港には輸出用コンビナートが林立している。ナイトリアンの国際空港に、圭吾、信吾、愛の三人が降り立った。彼らを迎えたのは慶輝だった。幼い頃から共に遊び、学び、共に成長してきた四人だった。その仲良し四人組が顔を揃えた。

ナイトリアンに到着した夜は、スティーブがご馳走してくれた。その席にスティーブの教え子で、慶輝の同級生ながらスティーブの助手をしている中国出身の楊がいた。彼女は北京郊外で生まれ、成績優秀で海外留学、ニューヨーク未来大の大学院に進んでいた。

楊が選んでくれたコース料理を味わっているとき、愛は、

「こんな発展しているすごい国と思わなかった」と素直な感想を述べたが、慶輝から、

「この国も以前は石油の恩恵で真面目に勤労している国民は少数派で、アルバイト感覚の労働者が多く、さらに三割は無職だった」と聞いて驚いた。

スティーブから「この国は、いずれ石油が枯渇する日が来る」とのリスクを感じた国王から、コンサルタントの依頼があったと説明があった。

「ですが、空港や大通りのお店、メインストリートのオフィスの感じを見た限り、みんな真面目に働いている感じでしたよ」

圭吾が率直な感想を伝えると、慶輝が、

「少しずつ効果が出ている証拠かな」と、笑顔を見せた。

「でも、この国って、違う意味で今の日本に似ているような感じがする」

愛の言葉に、即座に慶輝が反応する。

「その通りだよ。日本では石油じゃなくて、福祉に頼っている国民が多くて、みんな受け身になっているよね」

愛が頷きながら、スティーブに質問した。

「それをどうやって変えたんですか？」

スティーブが答える前に、慶輝は愛に別の質問をした。

「日本国民の権利と義務って知っている？」

「権利と義務？」

「そう、教育を受けること、勤労すること、納税すること、これが三大義務だよね」

「確か権利は、文化的な最低限の生活を送れる権利、教育を受ける権利、それから後は何だっけ」

　圭吾の言葉に慶輝が補足する。

「参政権、つまり、選挙で投票できる権利」

「それがこの国とどういう関係があるの？」

　愛の質問に、スティーブが流暢な日本語で答えた。

「元々、この国の国王は若いときに日本の大学に留学していて、日本のいい面をこの国に取り入れようとした。特に社会保障制度は、今後国民のためになると思って導入しようとしたけど、国民性の違いもあってなかなか進まなかった」

　慶輝が加わる。

「そこで、以前日本の大学の夏期講座で先生の特別講義を受けたことがある国王から、この国に呼ばれたというわけなんだけど、先生はそれを行う前提として、権利だけでなく義務があるということを、国民に理解してもらうことから始めたんだ」

「それで、実際に何をどうしたのかを知りたいです。だって、これからの日本にも参考になるかもしれないじゃない」

愛の言葉に一同が頷いた。

「話がそれるかもしれないけど、私は日本の福祉政策は、個人的に素晴らしいと思います」

スティーブの意外な発言に圭吾が返す。

「でも、それは権利ですけど、それが日本の財政破綻を招いてしまったわけで、今の政権は脱福祉国家へ政策転換したわけですよね」

「人間、誰でも老いて高齢者になるんだし、今の日本で団塊世代と言われる人たちが、戦後の荒れ果てた日本を再建したわけだから、彼らに感謝する意味で福祉政策は当然のことだと思うけど」

愛の言葉に信吾が反論する。

「福祉ってお金がかかるんだよ。しかも日本みたいに受ける人が増えちゃったら尚更だよね」

圭吾がスティーブに質問する。

「この国も福祉政策は進めているんですか」

慶輝が答える。

「徐々にだけど、日本の福祉政策を参考に進めているよ。ただ、年金制度は日本みたいに現役世代が負担するんじゃなくて、納めた保険料に国が補助金を上乗せしたものを、投資とか運用で増やしていく制度にしたんだ」

「この国はまだ高齢者の割合が少ないし、人口も増えていて、日本みたいな少子高齢化にはなっていないからね」

慶輝の説明に信吾は頷く。

「だから、今から手を打っているわけですね」

スティーブは新たな提案をする。

「医療や介護保険、年金制度、みんなお金がかかるけど、まず、この国にあった仕組みを作るのが重要で、国民性に合わせたものにしないと失敗してしまう。そこで、福祉の先進国である日本から経験者を招きたいと思っている」

「介護で言えば、施設の運営も大変だけど、その担い手のヘルパーを育成するところから必要だし、この状況はこれから老齢人口が増えていくどの国でも同じだと思う。それに、どういう仕事も素人よりプロがやった方が効率的だし、それは介護でも同じだと思う」

慶輝の発言に、愛が答える。

「いっそ、日本の介護の仕組みから人材まで、全部を輸出するなんてこともあったりして」

笑う愛に、楊が頷く。

「それ、いい考えです。今、日本は介護人材が転職せざるを得ないらしいけど、外国だったら活躍の場は大いにあるよ。中国もこれから少子高齢化が急速に進むからね。そうだ、愛ちゃん、どう、中国に来てくれない？」

慶輝も加わる。

「いいと思うよ。日本って特定技能で海外から介護人材を受け入れていたけど、これからは受け入れるだけでなく、海外に出ていくのもいいかも」

翌日、四人は国内の観光だけでなく、温泉業の参考にとスパの設備を持つホテルを見学したり、唯一日本の介護に近いことをやっている病院を見学したりした。その日の夜も、アラビアン料理のディナーに舌鼓を打った四人だったが、慶輝は輝久の復活の様子を聞いて喜びながらも、今後の浅間山温泉町、ひいては日本がどうなっていくのかを正直憂いていると本音を話した。

すると、圭吾から「だったら、戻ってきてなんとかしてよ」と懇願されたが、慶輝は即答を避けた。愛は、輝久だったら「慶輝が自分で判断しろと言うと思うよ」と伝え、信吾は笑顔で頷いていた。


三人が帰国した翌週、慶輝はスティーブに今後について相談した。スティーブは今回も特に意見を述べずに、自分で決断するように答えた。彼は、重要なことは自分自身で決めないと、後で後悔するとも付け加えた。

一週間後、慶輝はスティーブに別れを告げて帰国した。

第四章　密約

そんなある日、有名人のスキャンダルをすっぱ抜くことが代名詞の週刊誌が、芸能ネタではなく、政治ネタを取り上げた。内容は政府首脳の側近からの情報として、黒岩と星の間で「次の首相は、国家安泰党の星に禅譲する」という裏約束があったと報じたのだ。

当然、マスコミをはじめ、ネットでも大騒ぎになった。しかもこの裏約束は、当時国家安泰党の総裁だった望月環にはまったく知らされていなかったため、環は星に強く抗議したが、すでに党内は星派が大勢を占めており、望月派と呼べる議員は十人足らずだった。しかも、星の後見で総裁になったこともあり、環はその場は引き下がったが、心の中では離党を決意した。

黒岩と星の連立政権は、現状のまま脱福祉政策を維持して、財政再建に努めることを確認していた。組閣では、内閣の要である官房長官に、国家安泰党政権で官房長官だった浦部が就任した。当然、星は浦部を使って自分の考えを黒岩に反映させるように仕向けており、事実上は星政権の復活だった。

一方国内では、団塊ジュニアの層が福祉の復活を求めてデモや職場のストを敢行するようになっていた。さらに、中高年層も自分たちの将来を考えて、福祉復活に賛同する意見が増え始め、ネットでは、若者たちも一部で支持する意見が目立つようになった。黒岩の目的は首相となって実権を握ることだったが、星は官房長官をはじめ、主要閣僚を国家安泰党で占めるように黒岩に求め、黒岩はやむなく従った。ただ、今の日本の主要ポストである福祉大臣は国民主流党から指名してほしいとの要望だったので、党内から人選しようとしたが、皆尻込みをした。やむを得ず、元厚労大臣で腹心の黛を再登板させた。

征志は前進党、いや、征志自身の今後について悩んでいた。自らが立案した政策を実行すれば目的は必ず達成できると信じ、その能力もあると自負してきたが、結果として達成できなかった。何故か……。

脱福祉政策は正しく、途中までは順調だったが、自分以外のところで躓いた……。黒岩やその他の党の仲間にも裏切られた。やはり一人では限界か……。

一方、党の幹事長になった今宮は、党内をまとめてこれ以上脱落者を出さないように日夜フォローしていた。

その夜、征志が総理の私邸から個人宅に模様替えした古家でワインを飲んでいると、突然スマホに着信があった。それは、環からの何年振りかのプライベートの連絡だった。

「その後どう？　疲れたでしょう。お互い勝負に敗れたルーザー（敗者）同士、気分転換に温泉にでも行ってみない、いい温泉を知っているの」

征志が環と一緒に着いたのは、なんと浅間山温泉だった。そこでは、招待した輝久だけでなく、浅間山温泉町が町を挙げて征志と環を歓待してくれた。

浅間山いこいホテルの特別室で、泉谷温泉組合長、大女将の律や女将の陽子をはじめ、ホテルの全従業員が最高のもてなしで二人を歓待した。特別室を二つ用意していたが、何故か環が「もったいないから一部屋でいいわ」と勝手に征志の部屋に移ってきた。律らは驚いた。

「よろしいんですか？　週刊誌が騒いだりしませんか」

律の質問に征志が笑顔で答えた。

「今さら騒ぐ価値もないでしょう。我々はルーザー、いや、アンダードッグ（負け犬）ですから」

律は、かつて二人が妙な関係だったと週刊誌を賑わせたことを思い出し、当時と変わっていなかったと、何故かホッとした。

征志は彼らの歓待ぶりに、今までになく胸にこみ上げるものがあった。

「神坂政権はにっくき敵だったのに……、しかも政権を失って、今さら私に近づく意味なんか何もないのに……」

　夕方、食事前に混浴の露天風呂に征志が一人で浸かっていると、環が入ってきて自然に隣に並んだ。

「どんな優秀な人間も、一人では限界がある。問題が大きければ大きいほど、ハードルは上がる。それを越えるためには、同じ志を持つ優秀で信じられる人たちを結集しないと達成できない。そんな簡単なこともわかっていなかったのね……、お互いに」

　否定すると思った征志が頷いた。

「一人で成し遂げるということは、どんな優秀な人間でも不可能だということを学ばせてもらったよ」

「あら、神坂征志が独裁者の旗を降ろそうっていうの……これは驚きね」

「別に独裁者がいいとは言ってないさ。今のような日本では、独裁的なリーダーが引っ張っていくしかないと言っただけだよ」

「水入らずの所悪いが、お邪魔していいかな」

　輝久と妻の里美が入ってきた。珍しい顔合わせの四人になったが、和やかなムードが漂った。

里美から、輝久も若い頃はいつも物事を一人で勝手に決めて突っ走っていたと聞き、二人は頷いたが、輝久は反論しなかった。

「まあ、世の中常に想定外なことが次から次に起きてくるし、いずれ自分一人では限界がくるとわかっていたけど、それまでは自分に出来ないことはない、自分がやればなんとかなると勝手に思い込んで、周囲を巻き込みながら一心不乱に動き回っていたよ。でも、その結果、周囲に迷惑をかけていたんだな」

輝久のボヤキに里美がフォローした。

「当時はみんなそうでしたね。日本を復興させようと、男の人は早朝から夜中まで働きどおし、私たち女性はそのフォローから育児や家庭のことまで、すべてを一手に引き受けて頑張った、そういう時代でした」

「まあ、神坂さんが嫌う、団塊世代が輝いていた時代だったな」

輝久が懐かしそうに笑みを浮かべた。

「私たちもその時代に生まれていたら、多分同じだったと思います」

環の言葉に、征志も頷いた。

「それはどうかな。あなた方なら、昭和の時代でも今と同じで自分を貫いていたんじゃないかな」

輝久が笑うと、征志が珍しくジョークを飛ばした。

「そんなことしたら、浅間さんにボコボコにされていたと思いますよ」

隣の環が思わず征志を見て、ジョークを飛ばす征志を見たのは、何年、いや何十年ぶりだったかなと思った。

輝久が笑みを浮かべる里美を見た。

「団塊世代の男たちの悪い癖だったな。ワシも里美には家のことはもちろん、後援会や関係者への対応からすべて任せて支えてもらっていたのに、感謝することを忘れていたよ」

「何よ、浅間輝久らしくない発言ね」

里美が輝久を見た。

「実は今回のお二人への招待も里美のアイディアでね、ワシにはとても思いつかなかったよ。結局、世の中、独り相撲では勝負に勝てないということかな」

輝久夫妻主催で、町の人たちも同席した夕食会で、征志が輝久に質問をした。

「浅間さんがダンカイ日本を立ち上げて、全国から高齢者や反政府の人たちを集めたとき、私は西郷隆盛をイメージしました」

「西郷隆盛？」

同席していた町の幹部たちも、意味がわからず皆首を傾げた。

「幕末に西郷隆盛は、これからの時代に不要となった武士を集めて反乱を起こし、結局鎮圧されてしまいましたが、実は隆盛の思惑通りだったという説がありましてね」

「総理、おっと失礼、神坂さんは、私が、今後の日本には団塊世代は不要だと思っているとおっしゃりたいのですか」

「いえ、浅間さんが政治家として、先を見据えての英断だったのかなと思いまして」

「そんなに買いかぶらんでください。私は昔ながらの、昭和の政治家ですよ。目の前を見るだけで精一杯ですよ」

「あと十年もすれば団塊世代のほとんどはこの世を去りますので、すべては時間が解決しますが、そこまで日本の財政は待てないとのご決断かと思いまして」

「団塊世代の後にも団塊ジュニアが続きますよ。彼らだって団塊世代までとはいかなくても、それなりのパワーを持っています。彼らや後に続く若者に今後の日本を託せばいいと思いますね」

翌日、征志と環は、まだ存続している介護施設のザ・ダンカイを見学した。

そこで愛や入居者たちとも歓談した。征志を憎んでいるはずの老人たちは皆寛容だった。

「いやあ、大変な時期に総理になって、本当にご苦労さんだったね」

環は人懐こい笑顔で老人たちと自然な会話をしており、愛も「すごい自然体、話が盛り上がりますね。みんな喜びますよ」と感心していた。

元々、北海道の三世代の大家族でのびのび育てられた環は、高齢者は大好きだったが、日本の現状と今後を考えれば、征志の唱える脱福祉国家を一概に否定することはできなかった。


征志は帰りの新幹線で、環に脱福祉国家についての本音を尋ねた。

「個人的にはお年寄りは大好きだし、今でもなくなった祖父母のことはよく夢をみるの」

「じゃあ、脱福祉国家には本音としては反対だったの」

「いいえ、政治的な視点から言えば、今の日本を救うのはこれしかないと思うので、個人的には賛成」

「ただ、高齢者から見れば凄く残酷なことをされるわけで、正に昔の姥捨山伝説と同じことをしようとしているわけだから」

「姥捨山？　ずいぶん昔の話ね。でも、高齢者の皆さんも今の日本の状況を理解していると思う。ただ……」

「ただ……」

「わかっていても、何か寂しいんじゃないかと思って……」

「寂しい……」

第五章　新たな芽生え

浅間山温泉町は、いつもの朝を迎えていたが、今までと違っていたのは、慶輝が自宅に戻り、輝久や里美、そして輝正、彩音ら家族で朝食を共にしていることだった。前夜に帰国、家に戻った慶輝は、食事をしながら現在の日本、そして浅間山温泉町について、輝久から話を聞いた。

「前進党が政権を失ったが、今の政権も当面は脱福祉国家政策を維持するようだ」

「神坂さんからは特に連絡がなく、今宮さんから、黒岩官房長官、今は総理か、あの人の裏事情はいろいろと聞いたよ」

「神坂さんも黒岩のことは警戒していたと思うけど、ここ一番のタイミングで裏切るとはいかにも黒岩らしい」

「元々、神坂さんが僕を呼んだのも、黒岩さんをいずれ外そうという狙いだったらしいよ」

「とにかく、こっちとしてはまず浅間山温泉町の立て直しからだな」

輝正が口を挟む。

「そのために戻ってきてくれたんだよな」

「もちろんさ」と慶輝は頷いた。

町役場の会議室では、富永町長と輝久が定期的に泉谷や矢吹、温泉組合や女将会、町会議員ら町の主要な人々を集めて話し合いが行われていた。

この日から新たに慶輝が加わり、今後の浅間山温泉町や日本がどうなっていってほしいかについて、出席者がそれぞれの立場で意見を述べ合った。

翌週の話し合いでは、慶輝も耳を傾ける中で一番出席者から支持を得たのが、この日、慶輝に声をかけられて参加していた愛の意見だった。

「社会は各世代の人たちが集まって成り立っていて、お互いがお互いを労り、お互いを尊重するのがごく自然なことだと思います。その基本になるのが家族であり、三世代・四世代の大家族的な生き方が、町内会とか町全体にも広がってくれたらいいなと思っています」

この意見に対して賛同する声が多かったが、一部に「いろいろな人たちが集まってやるのもいいけど、逆に意見がまとまらずにかえって混乱することもあるので、神坂さんじゃないけど、優秀な政治のプロが考えて進めた方がいい結果をもたらすのではないか」との異論も出た。

会場内がざわついている中、一人の女性が入ってきた。一瞬、室内は静寂に包まれた。

望月環が現れたのだ。輝久が皆に環を紹介した。

「私が声をかけた。こういうことには政治のプロとして、特に女性目線も必要かと思ってね」

全員から拍手が沸き起こった。

「さっき、愛さんと話していて考えを聞きましたが、私は大賛成。ただ、各世代のいろいろな人たちの考えをまとめながら、全体の調和を考えて結論を出すことが重要なポイントですけど、これが一番難しいと思います」

環の言葉に輝久が同意を示す。

「その全体を調和した政策が、実行できるかどうかがカギになるぞ」

慶輝が提案する。

「どうでしょう、まず、各世代の人たちの協議によって社会の調和を保つ町を目指す、というコンセプトで進めたら」

「ただ、この町で進めても政府と対立して、ダンカイ日本みたいに潰されてしまうのではないか」

富永がもっともな懸念を示す。

「それなら、団塊党みたいに新しく党を立ち上げて、ダンカイ日本を再現すればいい」

輝久が一同を見回す。輝久の冗談交じりの発言だったが、結果的には輝久を代表、富永を副代表として、新しい党を結成するために今後協議していくことになった。

慶輝は、反民主主義を唱えた征志を思い出していた。過去に実力のない政治家が行った独裁政治は、世界中に最悪の結果を招いたが、優秀な政治家の独裁政治は、必ずいい結果をもたらし、いい国ができるという征志の考えは、今の日本ではまったく受け入れられない主張だった。

征志の優秀さは飛びぬけており、新しい党に加わってもらえないかと考えたが、やはり、この新党は複数の人たちの集合体であり、対局の考えの征志とはなじまないと慶輝は思った。

翌週も新党結成の話し合いが行われたが、まず、名前を決めた方が良いとの意見で、出席者から「未来日本」「みんなの日本」、他には、今の体制を強固な岩盤と捉えて、それを突き崩す「ドリル日本」などが出された。

最終的に愛と環が出した「調和日本」と命名された。

「前進党政権は、神坂首相が独断で決めた脱福祉政策を進めていたが、我々は民主主義を重視して、調和を取りながらみんなで決めて進めていく。それが調和日本である」

いろいろな世代が複合的に社会を営むが、高齢者もその経験や知恵で社会に貢献できるわけで、高齢という理由だけで存在を否定する今の日本は間違っており、みんなが調和して共存する社会を目指すべきであるという同党の政策は、大家族主義的な考えを推進するもので、その第一歩として「リターン福祉」を基本方針に掲げた。

ただ、根本にある最大の課題、日本の財政破綻をどう改善していくかの具体策については、これからの大きな課題だった。

調和日本が結党されたとの一報は、地元の新聞社だけでなく、ネット上で拡散され、全国に広まった。当然、現政権の耳にも入った。

黒岩は即座に菅野を呼んだ。

「聞いたと思うが、また、浅間山温泉町が」

「はい。でも、今さらどうしようというのでしょうか」

「浅間輝久という男、甘く見てはダメだ。しかも孫の慶輝が帰国したらしい」

「はい……。では、今のうちに潰しにかかりますか？」

無言で考え込む黒岩に「何を怯えているのか、もう勝負はついているし、今さら覆すことは不可能なのに」と、菅野は初めて黒岩に対して疑念だけでなく、不満を持った。

黒岩は幼少期に苦労した経験から、慎重にかつ確実に物事を進め、結果を重視した。国民主流党を強化するために、すでに環グループに接触するように黒川に指示を出していた。

環グループは星に反旗を翻して、国家安泰党から行動を共にした女性議員で望月派の五人に加えて、無所属や他党から二十人ほどが加わった。環は、調和日本からの誘いと黒岩の国民主流党からの誘いがある旨をグループ全員に説明し、各自に意見を求めた。

さすがに、黒岩のところに加わりたいという議員はいなかったが、調和日本については「まだまだ先が見えないので、様子を見た方がいい」という意見が半数近くを占めた。参加者から環の意見を求められた。

環は躊躇なく調和日本に加わりたいと伝え、環の意向にグループ全員が同意した。

前進党でも調和日本のことは話題になっていた。党員の一部に、過去の輝久との因縁は一時棚上げして、現政権に対抗するという共通の立場で、連携することを前向きに考えるべきだとの意見が出たが、今宮は、脱福祉国家を目指す前進党と調和日本では政策が正反対であり、水と油だと強く反対した。

党員からは、それでは政策ごとに判断し、まずは今の政府を倒すことを最優先すべきだとの意見も出た。最終的に征志に判断を仰いだが、征志は「検討します」と述べるにとどまった。今までなら「連携などあり得ません」と即座に否定していた征志が保留したことに、今宮は驚いた。

征志は、これからの日本について考えていた。今まで通りでは限界がある……。

国内だけでなく、海外でも調和日本はハーモニージャパンとして、ネット上でトレンド入りを果たして注目を浴び、人気が急上昇した。その海外の人気が日本国内の人気を後押しすることになり、特に地方から賛同の声が広がって、調和日本に入党する地方議員が増え出した。

これに危機感を覚えた黒岩は、菅野と岬を総理執務室に呼び出した。元々、菅野が秘書のときは直接裏の指示を出して菅野が岬に伝えていたが、すでに菅野は補欠選挙で、国民主流党の公認を受けて国会議員の仲間入りを果たしていた。その際、裏工作の担当責任者は岬に移っていたので、本来は岬だけを呼ぶはずなのに、わざわざ自分が呼び出されたことに菅野は警戒心を抱いた。黒岩に距離を置き始めた菅野に対して、黒岩も敏感に察知していたのだ。

黒岩の話は予想通り、浅間山温泉町の輝久に関する内容だった。

「調和日本、いや、浅間輝久に対して何か手を打て」との単純明快な指示だった。

「どの程度でしょうか？」

岬の質問に黒岩は即答した。

「もう、二度と政界に復帰できないようにすること」

菅野は顔を強張らせた。

「とにかく、あいつはしぶとい。本来ならとっくにこの世からいなくなっていたはずだ」

「わかりました、お任せください」

無表情の岬は、一礼して退室した。

菅野もそれに続いたが、黒岩は菅野には何も言葉をかけなかった。


「何で菅野さんを呼んだのでしょうね」

「お前は、元々裏工作するのが本業だと、再認識させたんだよ」

「でも、菅野さんは国会議員ですよ」

議員会館の菅野の部屋で、黒岩批判がヒートアップしていた。

「あの野郎、いつまで俺を忠犬ハチ公だと思っているんだ」

「そうですよ、今はれっきとした国会議員の先生ですからね」

不機嫌に貧乏ゆすりをしている菅野を岬が持ち上げる。

「どうせ、一代限りの、しかもつなぎの総理ですよね」

「ああ……」

岬の言葉に、揺れていた足が止まる。

「確かに先生にはなれましたが、今までの功績からすれば当然、いや、もっと早く表の面倒を見てくれていて良かったと思いますよ」

「何を言いたい？」

「これからは星総理の時代ですよ」

「……」

「確か、浦部官房長官の私設秘書は、元自衛隊の徳田さんでしたよね」

「ああ、自衛隊学校で俺の二期後輩で、徳田議員の身内だ」

「それで、いきましょう」

菅野は完全に黒岩の敵に回った。そして、岬も密かに反黒岩になった。

翌週、岬は表面上黒岩の指示に従ったふりをして裏工作を実行したが、それはあまりに拙い裏工作だった。輝久が町役場に登庁するときはいつも徒歩という情報から、そこに高齢のドライバーが運転操作を誤ったという事故を装って、輝久を轢き殺そうというシンプルな仕かけだった。そのドライバーは元工作員だったが、高齢で引退していた。ただ、道楽息子に多額の借金があったので、それを肩代わりする条件で裏工作を引き受けさせた。しかも逮捕された際に、黒岩の指示を暗に匂わす自白をすることまで報酬の条件にしていた。

その日も輝久は徒歩で登庁していたが、陰でガードについていた浅間セーフティネットの信吾たちが未然に防ぎ、犯人を取り押さえた。

「あの車の様子がおかしく、怪しいと思ったのでマークしていた」と信吾は事前に察知していたと報告した。

犯人は泣きながら「実はある人に頼まれた、金に目がくらんでしまった」と簡単に自白した。岬から「決行しても事前に察知されて未遂に終わるので、重い罪にならない」と聞かされていたのだ。

翌日、その指示を下したある人について、実は黒岩だったらしいとの情報がネットに出回った。輝久ら調和日本が政府に抗議したが、黒岩ら政府側は「まったくの事実無根であり、調和日本が政府を陥れるために仕組んだ企てだ」と完全否定、輝久らの自作自演による狂言だとまで主張した。

だが、現職の総理の名前が出たことで、政府には大きな逆風になった。

星は周囲に漏らした。

「ちょっと早いが、交代するしかないな」

第六章　総選挙と新勢力図

この事件後、政府に対する悪評が猛烈な勢いで広がり、内閣支持率が急降下した。

星は黒岩に首相の禅譲を求めた。黒岩は嵌められたと言い訳したが、星は聞き入れなかった。

「真実かどうかはこの際関係ない。今は、国民の支持率が急降下しているという事実にどう対処するかが問題だ。よく考えて決断してほしい」と黒岩に強く迫った。

国内外で注目を集め「政権交代」がトレンドワードランキングで急上昇、それを後押しするかのように、反政府デモや集会が急拡大した。

黒岩からの再三の呼び出しを菅野はスルーした。菅野は廊下ですれ違っても会釈するだけで、無言で通り過ぎた。

黒岩は菅野が裏切ったことを確信した。この窮地を脱するために、過去の悪事をネタに菅野を脅そうとも考えたが、それは黒岩へのブーメランとなり、自分自身に降りかかってくることは明白だった。

黒岩は星と条件交渉を行って、この場を乗り切ろうとした。首相を降りる代わりに、連立を維持するため、自らが官房長官に就くことを星に求めた。

「正気ですか？　内閣の要として残ることは、国民のさらなる反発を買うことになり、絶対にあり得ない」と星は即座に拒否した。

黒岩は想定通りの回答に、次の提案をした。それは、自分ではなく黒川を官房長官に据えることだった。

「これも受け入れられないというのであれば、連立を解消します」

今回の件で国民主流党から十名近く離党者が出たが、それでも四十名近くは残っていたので、連立離脱となれば過半数割れは免れなかった。

星は「自分の一存では決められないので、幹部会に諮る」と回答、黒岩は承諾した。

国家安泰党内の議論では「この際、国民主流党と袂を分かつべき」との意見が多かったが、国民主流党の代わりに他の野党との連立を組む選択肢は、政策の違いもあり現実的ではなかった。

星は最終手段を取ることを決めた。新内閣発足後一年も経っていなかったが、密かに解散総選挙を決断した。黒岩から離れようとしている国民主流党議員がかなりいる、との情報をつかんでおり、積極的に勧誘を行うことで勝機を見出せると判断した。

「何よりも、今後不気味な存在になっていくであろう『調和日本』が、まだ完全に立ち上がっていない今こそチャンスである」

星の言葉は、党内を「解散やむなし」との結論で一致させた。

そして、一旦黒川官房長官を受け入れ、総選挙の準備に入った。

その翌年、星は内閣支持率の最低を更新し続けていることを理由に、解散総選挙を決行した。黒岩への事前相談はなく、さすがの黒岩にも想定外だったのか、黒川の「今から乗り込みましょう」との言葉にも黙したままだった。

前々回の総選挙では、前進党が百五十五議席を獲得、僅差ながら政権を奪取した。同党が全国代表、エリア代表に強みを見せたのに対して、国家安泰党は都道府県代表が強く、エリア代表にも安定した力を持っていた。ただ、前進党は前回の総選挙で、黒岩たちの離脱によりかなり議席を減らしていた。

現政府は、前政権の脱福祉国家路線を継承していたが、例外規定を多く作って国民の支持を得ようとしたために、結果的に財政の改善効果はかなり薄れていた。そもそも改革三法自体、前進党の時代と比べて内容を後退させており、元の日本に戻りつつあった。問題の団塊世代に対しても、一部に年金を維持したり介護施設的なものを増やしたりと、これも例外規定で有名無実化が進んでいた。

今回の混乱のきっかけとなった高齢罪やそれから派生する定死制については、前進党以外は反対の立場を明確に主張した。

この選挙に向けて国家安泰党は、事前に国民主流党の議員の取り込みを積極的に行い、過半数に迫る現職議員に新人を加えて、二百名近い候補を擁立した。

星は上機嫌で幹部たちを前に激を飛ばした。

「国家安泰党が日本の政権を担っていくというのが、本来の姿であった。政権が変わってからほとんど財政改善の効果がなく、国民の生活がさらに悪化したことを見れば一目瞭然である。今回の選挙で、国民が安心して暮らせる日本を取り戻すために頑張ろう！」

国民主流党は、黒岩の件で党内に亀裂が走っており、星の裏切りが決定打となって混乱状態だった。そのあおりを受けて黒岩が代表を降りた上、菅野も寝返って国家安泰党に移っており、事実上解党寸前状態で、なんとか十数名の立候補者を確保したに過ぎなかった。

黒岩は党の最高顧問となったが選挙には立候補せず、弟を自分の新潟選挙区に擁立した。

一方で執念深く輝久を潰そうと、懲りずに岬に裏工作の指示を出していた。

前進党は解党の危機にあったが、有識者を中心とした「やはり、日本の財政を再建できるのは、神坂征志しかいない」とのエールをバックに、一定の候補者を確保することができた。

その中には、埼玉県で立候補する今宮の名前もあった。高学歴者や元官庁の幹部、医師会や各業界からの推薦者などで、結局七十名を超える候補者を擁立した。

征志の「日本の金庫は空っぽのままです」のフレーズは、ネットでも話題になりトレンド入りした。

その他の野党、社会厚生党や日本改善党も候補者を確保するのに苦戦、二十名がやっとの状態であった。


輝久の調和日本は、まだ結党して時間が経っておらず体制が整っていなかったが、国家安泰党や国民主流党からも、旧浅間派だった議員や引退した議員の二世、そして環グループや名乗りを上げた新人候補たちが集結、七十名近くの候補者がそろった。

輝久は全国代表、慶輝は地元長野、環は出身地の北海道の都道府県代表で名乗りを上げた。

「全世代の国民が知恵を出し合って協力し、みんなが幸せになれる社会を目指す」というスローガンは、ネットでもトレンド入りした。そして「リターン福祉」がその象徴であるとした。ただ、国家安泰党や他党からは、

「具体的な政策がない抽象論で、政党の主張としてはまったくお粗末」との批判を受けた。

輝久は全国行脚を行い、選挙カーの上で力説していた。

そんな中、輝久をマークする岬の姿が目撃された。警護を担当している浅間セーフティネットの信吾は、直ちに矢吹に報告した。

矢吹は輝久本人に伝えたが、

「今さらこんなジジイを潰したって、調和日本はなくならない。それだけあいつらから評価されている裏返しだな。事件になれば、むしろ、いい宣伝になる」

輝久は、かえって目立つような行動を取るようになった。

慶輝は長野県内をくまなく回ったが、応援には圭吾をはじめ、温泉組合の青年部や女将会、そして愛も加わった。県内では、ダンカイ日本のインパクトも残っていた。

環は北海道を中心に選挙活動を行ったが、道産子の環に地元の応援は熱かった。

「北海道には北海道の特徴があり、それを活かした政治を行います。自然が宝の北海道でいろいろな食材を生産、それを日本だけでなく海外にも提供する。そして、その工程をシステム化して余計なコストをかけないことで、安く提供できるようにします」

そんな熱い選挙戦が行われている最中に、大鷹スカイホスピタルグループが倒産したとのニュースが流れた。一時は旅立ち龍宮城で一世を風靡した大鷹舞子だったが、海外に姿をくらましていた。

南米のある都市に潜んだ舞子は、豪華な邸宅に使用人を五人雇って、悠々自適の生活を送っていた。

日本の情報にはまったく興味を示さず、日本から密かに来訪したお客もすべて断っていた。

一方、天寿教でこれまた一世を風靡した前教祖の安寿は、自選死とは正反対の「できるだけ生きながらえる」という思想の新宗教「命ながらえる教」を立ち上げて、団塊層をはじめ、高齢者層を中心に信徒を集めていた。

自身の出身地で浅間山温泉町の隣にある佐久平市に本部を開設、しかも、そこは天寿教総本部の道路を挟んだ向かい側に位置していた。

安寿は人が変わったように、天寿教に対して嫌がらせや誹謗中傷を行うようになった。天寿教は何度も警察に通報し、その度に厳重な注意を受けたが、安寿は意に介さず、決してやめなかった。

国内の天寿教の施設は、この総本部以外はほとんど姿を消した。

選挙の事前予想では、国家安泰党が単独過半数を確保し、百八十議席に迫る予想だったが、調和日本は準備不足で三十議席を超える程度の予想だった。ただ、前進党は意外にも五十議席近くで野党第一党になるとの予想だった。他の野党は、二桁に届くのが厳しいという予想の数字だった。

選挙当日、今回は注目度も高く、投票率もかなり高くなると予想されたが、実際に全体平均が六十五パーセントと高く、地域によっては七十パーセントを超えた。

その選挙結果は次の通りだった。

《全国代表》

国家安泰党	六〇
調和日本	二〇
前進党	一五

社会温厚党　二
日本改善党　一
国民主流党　一
《エリア代表》九〇
国家安泰党　三一
調和日本　二二
前進党　一五
社会温厚党　七
日本改善党　七
国民主流党　五
その他・無所属　二　＊世界共存党一
《都道府県代表》一五〇
国家安泰党　九一
前進党　二一
調和日本　一六

社会温厚党　　　　　　七
日本改善党　　　　　　六
国民主流党　　　　　　三
その他・無所属　　　　六　＊世界共存党三

《合計》　　　　三〇〇
国家安泰党　　　一四四
調和日本　　　　五八
前進党　　　　　五一
社会温厚党　　　一六
日本改善党　　　一四
国民主流党　　　九
その他・無所属　八　＊世界共存党四

国家安泰党は、予想に反して単独過半数は取れなかった。無所属とその他の地域政党の四名を加えることができたが、それでも過半数にわずかに届かなかった。

元々、単独過半数が確実とにらんでいた星は、大いに不満だった。即日、安定した政治運営をするために、黒岩の弟を除く国民主流党の議員へのアプローチや結党以来独自の道を歩んでいる日本改善党に、連立の提案をするよう浦部に指示した。

その他・無所属の議員で国家安泰党に加わった四名以外は、すべてＮＰＯ法人「世界一家の会」の後押しする「世界共存党」が議席を獲得した。北海道・東北エリアで一名、都道府県代表で三名当選させたが、この党の最大の政策は、海外からの移民を積極的に受け入れるために、移民法を改正するという主張だった。

日本では、特定技能制度などで海外から多くの労働者たちを受け入れていたが、あくまで一時的であり、正式に日本人になるためのハードルは高かった。このことは、多くの外国人を受け入れている諸外国から苦言を呈されていた。

国内でも、人口減・労働力減への対策として「正式に移民を認めるべきだ」との声も増えている中、ＮＰＯ法人世界一家の会が誕生していた。今回、急な選挙だったために、急遽世界共存党を結党して選挙に臨むという、不利な状況だったにも関わらず、マスコミの当選者なしとの事前予想を、大いに覆す大健闘だった。

党の代表北原マクリーンは、四十二歳の女性弁護士で十年前に日本人弁護士と結婚、日本国籍になっている活動家であった。

一方、予想を上回る結果を出した調和日本と五十を確保した前進党は、お互いに祝電を交わした。

輝久は、今後党勢拡大はもちろんだが、他党との連携をどうするかを幹事長になった環や富永、慶輝らと話し合った。

「前進党との連携は、国家安泰党への圧力になると思います」

環は、両党で百を超える勢力になることで、国家安泰党に対して一定の牽制になると主張した。

これに対して慶輝は「数の力も大切ですが、基本政策が違い過ぎます」と反対意見を述べた。

輝久は考え込んでいたが、

「前進党内でも、国家安泰党に対する政策について検討しているだろう。どうだろう、神坂さんと会ってみるか」と前向きの姿勢を示した。

「浅間代表がそういうお考えでしたら、私は大賛成です」

環は征志の微妙な変化に気づいていたが、いずれにしてもネックになるのは財政改善の具体策だった。リターン福祉では、また財政支出が増えてしまうのだ。

慶輝は、アラビアン王国でのスティーブたちとの会話を思い出していた。


翌週、調和日本と前進党の極秘会談が行われた。調和日本から輝久、環、慶輝が出席、これに対して前進党は、征志と新たに副代表になった今宮が参加した。

会談は友好的なムードで進んだが、行きつくところは、日本の財政をどうやって改善させるかの具体策だった。今宮から当然の指摘があった。

「リターン福祉で、高齢者を含めた全世代を融合させる社会という考えには共感できますが、現実的にはさらなる財政悪化を招きます」

「財政改善を行うための理屈はシンプルで、支出を減らすか、収入を増やすかのどちらかしかありません。当然、福祉政策は支出を増やすだけですね」

征志の発言に、慶輝が手を挙げる。

「ちょっといいですか」

一同が注目する。

「福祉政策で収入があればいいんですよね」

「何かいいアイディアがあるのか」

輝久の質問に「まだ、具体的なところまで固まっていませんが」と言いながら、慶輝はアラビアン王国での話を再現した。

メディアで、国家安泰党と日本改善党が連立を組むとの速報が流れた。日本改善党の相馬敦文が、福祉大臣として入閣することも同時に発表された。これにより、与党は一六四議席と過半数を優に確保した。

日本改善党は、三年前に若手の経営者や起業家たちの連合体である「日本を徹底的に改善する会」が中心となって結党された新党で、ネット事業や金融、レジャー産業のグループの総帥で、三十九歳の相馬が党首だった。

その政策は前進党に近く、福祉については、各種補助金や介護保険制度の縮小を掲げたが、企業間で共済制度の仕組みを作って、事実上の年金や介護保険制度を残すという政策で、企業の経営者や労働組合を中心とした企業で働く労働者の支持を受けていた。

エピローグ

浅間山温泉町に、調和日本と前進党の幹部が集結した。

そこには海外から特別ゲストが招かれていた。スティーブとアシスタントの楊であった。さらに、愛も加わった。

慶輝が口火を切った。

「本日は、福祉政策は財政赤字を生み出すものという固定概念から脱却して、福祉でも利益を得られるための方策について、率直に話し合っていただきたいのですが、そのためのゲストをお呼びしました」

スティーブと楊を紹介、本題について二人が発言した。

「日本の介護保険制度は素晴らしい。そして介護施設も多様な種類があり、ニーズに応じて選べる良さがあって、これもグッドなサービスだ。欧米は個別の介護を個人単位で行うのが主流で、施設も日本のようにサービスの種類ごとに分かれていない。でも、今後は少子高齢化で介護する側の人間が減る一方で、高齢者の寿命が延びて、以前に比べて大変になっていくと感じている」

「中国も、昔から親の面倒は子どもがみるという考えがあって政府も義務化しているが、一人っ子政策で、家で介護する人の負担が大きくなっている。施設も少なく入居することは困難で、特に農村部や山間部は大変な状態である。個人的には、日本のように施設に集めて介護することは、効率的で素晴らしいことだと思う」

楊の発言に、スティーブが続く。

「日本の介護システムを今後、本格的に福祉政策、特に介護の具体的な施策を必要とする国に輸出したらどうかと思う。介護システムだけでなく、介護人材も日本には経験豊富な専門家がたくさんいるので、もし可能なら、まずはアラビアン王国に来て指導してほしいと思っている。そのときはもちろんコンサル料はお支払いしますよ」

「つまり、介護施設のシステムを海外に輸出したり、人材を海外に派遣してその国の介護人材を育成することで、結果的に福祉で収入を得るという政策ですね」

スティーブの意図を理解した征志の発言に、環が課題を明確にする。

「ただ、具体的にどの国をターゲットに、どうアプローチしていくかが非常に難しく、民間レベルで進めるのは荷が重いと思います」

「それなら国に本部を置いて統括し、国策として海外向けの介護システムや人材派遣プログラムを構築して、それを外交で海外に広げていけば可能かと思います」

征志が手応えを感じたらしく、前向きの姿勢を見せた。

「元々日本は、海外から必要な分野にだけ人材を受け入れてきたという、虫のいい国だったからな。今度は海外に人材を提供していくべきだと思うね」

輝久の言葉に環が続く。

「中国やアジアの国だけでなく、アメリカも十分可能性があると思います。それに、在宅介護が主流のヨーロッパも、いずれ方向転換するターニングポイントが来るのではないかと思います」

環は、個人単位の在宅介護には限界があり、若い世代も介護のプロによる施設での介護を歓迎する時代が来ると持論を述べた。

「よし、早速調べて、日本流介護システムを形にしようじゃないか」

輝久の下、調和日本では、政府の脱福祉に対抗するリターン福祉においても、利益を生んで財政改善が可能となる具体策を正式に検討することになった。

征志は、リターン福祉が政策として成り立つようなら、前進党としても脱福祉から方向転換して連携すると明言した。さらに、このシステム構築について、全面的に協力を惜しまないことも約束した。

連携の意志を表明した征志は、独裁者からの方向転換を決意したのだと環は確信した。

今後の日本は、日本改善党と連立を組んで脱福祉政策を推進する国家安泰党と、リターン福祉を唱える調和日本及び前進党が対決する構図となった……。

著者プロフィール

若松 敏裕（わかまつ としゆう）

1955（昭和30）年9月生まれ。
長野県出身、埼玉県在住。
青山学院大学経営学部経営学科卒。

複数の企業を経験。
福祉系企業元役員。

カバーイラスト：rest:a（リストエー）

脱福祉国家 ～福祉国家やめます～

2025年1月15日　初版第1刷発行

著　者　若松 敏裕
発行者　瓜谷 綱延
発行所　株式会社文芸社
〒160-0022　東京都新宿区新宿1－10－1
電話　03-5369-3060（代表）
03-5369-2299（販売）

印刷所　TOPPANクロレ株式会社

ISBN978-4-286-25967-3